AF199340

ÜBER DAS BUCH

Im Jahre 2119:
Der Verdeckte Ermittler Aulus wird beauftragt, den Mord an dem Staatsrichter Maximilian von Primus aufzuklären. Schon bald wird ihm klar, dass er da keinen gewöhnlichen Fall vor sich hat. Wie gelang es den Tätern, keine Spuren an ihrem Opfer zu hinterlassen? Weshalb begeht sein Vorgesetzter und Mentor Kommissar Kotter junior plötzlich und ohne jeden Grund Selbstmord? Was hat es mit der Botschaft auf sich, die auf einmal in eine Wand im Polizeipräsidium eingeritzt ist? Um Antworten zu finden, bricht er zu den Klippen der Vergessenen auf, einem sagenumwobenen, geheimnisvollen Ort, von dem die schlimmsten aller Verbrecher auf Geheiß der Neuen Ordnung in den Abgrund hinab gestoßen werden.
Eine Expedition, die nicht nur sein eigenes Schicksal, sondern auch das der gesamten Menschheit für immer entscheiden soll...

ÜBER DEN AUTOR

Gereon Müller-Werden wurde 1999 in Gerolstein geboren und besucht dort derzeit das St. Matthias-Gymnasium. Nach „Lunkenheimer – Die außergewöhnliche Flucht eines Gentlemans" veröffentlicht er mit „Die Klippen der Vergessenen" seinen zweiten Titel.

Gereon Müller-Werden

DIE KLIPPEN

DER

VERGESSENEN

Novelle

BoD – Books on Demand

Alle Personen und Namen sind frei erfunden. Ähnlichkeiten mit lebenden oder verstorbenen Personen sind zufällig und nicht beabsichtigt.

Impressum

Bibliografische Information der Deutschen Nationalbibliothek:
Die Deutsche Nationalbibliothek verzeichnet diese Publikation in der Deutschen Nationalbiografie; detaillierte bibliografische Daten sind im Internet über www.dnb.de abrufbar.

© 2017 Gereon Müller-Werden
Umschlaggestaltung: Cordula Werden
Coverbild: pixabay.com
Foto: Florentin Müller-Werden
Herstellung und Verlag:
BoD – Books on Demand, Norderstedt

ISBN 978-3-7448-9562-0

EINLEITUNG

Wir schreiben das Jahr 2119. Dinge, die in unserer vergangenen Gegenwart unmöglich erscheinen, werden hier auf einmal wahr. Neben dem technologischen Fortschritt führte eine neuartige internationale Gesetzgebung und Gesellschaftsordnung zu einem höchsten Maß an globalem Wohlstand und zu nahezu vollkommener Sicherheit. Mitunter ist dies der vor wenigen Jahren eingeführten *Höchsten Strafe* zu verdanken, mit der die erbarmungslosesten Terroristen und Massenmörder als Exempel für jedwede kriminelle Strömung demütigend in den Abgrund der *Klippen der Vergessenen* gestoßen werden. Es handelt sich dabei um einen geheimnisvollen, vollkommen unerforschten Ort, dessen Abgründe in das schiere Nichts zu führen scheinen. Sie wurden von einem legendären Kommissar namens Kotter senior unter mysteriösen Umständen entdeckt.

In dieser Zeit, von der wir sprechen, herrscht daher eine Atmosphäre der Brüderlichkeit und Friedfertigkeit, wie wir sie noch nie erlebt haben.

Doch auch diese so utopische Ära findet ein jähes Ende.

PROLOG

Er erhöhte die Geschwindigkeit seiner Schritte. Die metallischen Absätze seiner Schuhe, die Reservemunition für die in seiner Manteltasche verborgene Pistole enthielten, verursachten bei jedem Schritt ein Klacken, das monoton die gespenstische Stille durchbrach.

Er hasste dieses Geräusch, er fürchtete sich, diese trügerische nächtliche Ruhe zu zerschneiden und hatte gleichermaßen Angst vor der unnatürlichen Stille. Er lenkte seine Schritte in eine schmale, vom Nebel verschleierte Gasse. Als ob er auf der Flucht wäre, als ob er etwas oder jemandem entkommen müsse, fuhr es ihm durch den Sinn. Tatsächlich, er verspürte eine lähmende Angst vor etwas, das er nicht begreifen konnte. Er blickte hastig um sich. Eine Straßenlaterne flackerte. Aus einer undichten Regenrinne tropfte schwarzes Wasser, das sich in einem Rinnsal auf dem Kopfsteinpflaster sammelte. Leise musste er auflachen. Was war das denn für eine bittere Ironie, dieses scheinbar inszenierte Szenario, welches die geifernden Zuschauer von Horrorfilmen stets erschauern ließ. Was würde ihm geschehen? Wie würde es weitergehen? Er ließ die Antworten in der feuchtkalten Luft stehen und setzte seinen Weg fort. Erneut schreckte er auf. An der verschmierten Wand neben ihm prangte eine hässliche Fratze, die ihn zu verfolgen schien. Er schluchzte auf, als er bemerkte, dass es sein eigener verschwommener, von einer Straßenlaterne an die Wand geworfener Schatten war, der ihn verängstigt hatte.

Alle hatten sich von ihm abgewandt. Neben den Leuten, über deren Leiden und Tod er entschieden hatte, hassten ihn auch seine Untergebenen und sein gesamtes Umfeld, wegen seines zwar gerechten, aber gefühllosen Charakters. Und nun, nun fürchtete er sich auch noch vor sich selbst, vor seinem eigenen Widerbildnis.

Was für einen Sinn hatte sein Dasein überhaupt? War er entbehrlich? Würde man ihn vermissen, wenn seine Zeit gekommen war? Da wurde ihm klar, dass er bereits tot war. Das Sterben selbst war nur noch ein unbedeutendes Detail, denn keine Macht der Welt konnte sein Schicksal jetzt noch abwenden.

Und schon geschah es: Vor ihm erschien eine Gestalt von undefinierbarer Form und Farbe, und …

Seine Schreie gellten durch die Nacht und verhallten nur langsam in der Dämmerung.

KAPITEL I

Seine Augen waren weit aufgerissen, der Mund schien mitten in einem Schrei erstarrt zu sein, die Hände abwehrend hochgereckt, es war ein Ausdruck unbeschreiblicher Qualen, die das Opfer in seinen letzten Sekunden erlitten haben musste.

Kommissar Kotter junior beugte sich, ohne sich eines gewissen Mitgefühls zu erwehren, über die Leiche, die vor wenigen Stunden in einer zwielichtigen Seitengasse gefunden worden war. Bei der Obduktion gab es keinerlei Hinweise, die auf einen Mord hindeuteten. Es konnten weder tödliche Verletzungen noch ein Gift an dem Toten festgestellt werden, allein der starre Ausdruck des Entsetzens.

Die Tür sprang auf und der Verdeckte Ermittler Aulus trat in den Obduktionsraum hinein. In seiner wie üblich schnellen Referierweise berichtete er: „Bei dem Opfer handelt es sich um den Staatsrichter Maximilian von Primus. Er galt unter Verbrechern wegen seiner erbarmungslosen Urteilsweise als berüchtigt, war aber von staatlicher Seite aufgrund seiner objektiven, anstandslosen Verfahrensgänge geschätzt. Vor einer Woche noch hatte er einen gefassten Auftragsmörder zur *Höchsten Strafe* verurteilt. Es ist bekannt, dass der Verurteilte Rache geschworen hatte, bevor er von den *Klippen der Vergessenen* in den Abgrund gestoßen wurde."

„Ah so", sagte der für seine Wortkargheit bekannte Kommissar Kotter junior nur dazu. „Die Resultate der Obduktion sind hingegen enttäuschend: Es ließ sich keine verwertbare Spur identifizieren, die Rückschlüsse auf den Täter und seine Tötungspraxis geben, es handelt sich all dem Anschein nach um hochprofessionelle Verbrecher. Ansonsten fand ich nur einen Zettel in seiner rechten Manteltasche, der vielleicht noch von Bedeutung sein kann." Er reichte Aulus ein zerknittertes Stück karierten Papiers, das aus einem Collegeblock herausgerissen worden war.

Hütet euch vor Diabolos!

Diese wenigen Worte standen darauf in einer schönen, wenn auch hastig verfassten Handschrift.

„Diabolos?", fragte Aulus. „Sagt Ihnen dieser Begriff etwas? Nicht, dass ich Sie jetzt vor den Kopf stoßen möchte, aber mir sagt der Name nur etwas in Bezug auf den neuen Science-Fiction-Film *Die letzte Flamme des Fixsterns*."

„Blödmann!", grunzte Kotter, und Aulus bemerkte die Stupidität seines unüberlegten Kommentars und tolerierte die Rüge, auch wenn ihm die Reaktion seines Kommissars gemessen an dessen besonnenem Charakter überzogen erschien.

„Ich bitte um Verzeihung", meinte Aulus. „Es ist aber so, dass uns sonst Anhaltspunkte fehlen, die zuließen, mehr über die Umstände vom Tod des Richters zu erfahren."

Kotter blickte Aulus unsicher an, er schien mit sich selbst zu ringen; Aulus versuchte sich dem zu entwinden, indem er sich der Leiche zuwandte und sie eingehend begutachtete.

Nach einer Weile aber schien Kotter innerlich einen Entschluss gefasst zu haben und machte einige Schritte zum spärlichen Bücherregal des Obduktionsraumes, das überwiegend Lexika zu Symptomen, Todesarten, Verletzungstypen und anderen rechtsmedizinischen Fragestellungen enthielt, und zog einen dicken Aktenordner aus ihm hervor, von dem er den Staub wegblies.

„Hier", sagte er, sich zu Aulus wendend, „dies ist meine persönliche Akte zu allen Straftätern, mit denen ich in meinem Beruf zu tun hatte. Sie dürfen, wenn Sie möchten, das Kapitel zu Diabolos aufschlagen."

Aulus war es sehr recht, dass er sich von dem verstorbenen Richter abwenden konnte, und nahm den schweren Ordner entgegen. „Wenn Sie es mir erlauben", meinte er. „Sie hatten also Kontakt zu einem Verbrecher namens Diabolos? Mir ist dieses Individuum vollkommen fremd, obwohl ich zahlreiche Kontakte in diverse Sektoren der Unterwelt pflege. Verzeihen Sie daher meine Skepsis."

„Mein Vater hat daran getan, ihn in Vergessenheit geraten zu lassen", sagte Kotter schlicht dazu, ohne seine Antwort als Rechtfertigung klingen zu lassen.

„Nun gut", erwiderte Aulus, der Akte zugewandt. „Wollen wir doch einmal sehen. Beatrix…, Brenner…, Carstenson…, ah, hier ist er: Kleinganove, der sich auf das Knacken von Kaugummi- und Flummiautomaten spezialisiert hat."

Kotter räusperte sich geräuschvoll.

„Hoppla, ich glaube, ich habe mich in der Zeile vertan… aber darunter sind ja Geburtsname, Geburtsdatum, Geburtsort und Motive leer."

„Veranstalten Sie bitte kein Puppentheater. Über Diabolos ist wenig bekannt. Lesen Sie doch das, was dort geschrieben steht, und versuchen Sie Zusammenhänge zu dem Tod von Herrn von Primus zu entdecken", sagte Kotter unwirsch.

„Anfangs ein Bank- und Juwelierräuber", las Aulus, um ein ungerührtes Verhalten bemüht. „Diabolos war höchstwahrscheinlich aber auch als Söldner und Drogenhändler aktiv. Nach einem vierjährigen Gefängnisaufenthalt wegen Diebstahls untergetaucht. Scheinbar hatte er dann einen Persönlichkeitswandel erfahren. Nach unbestätigten Quellen war er für den Diebstahl von Plutonium aus einem Kernreaktor auf der Arabischen Halbinsel verantwortlich, mit dem er nach unbekanntem Verfahren eine nukleare Waffe konstruierte. Diese soll auf dem Meeresboden vor der Küste Nigerias detoniert sein und die Flutwelle verursacht haben, die am 25.03.2094 die Stadt Lagos und weitere Küstenstädte in der Bucht von Benin zerstört und mehrere Millionen Menschen getötet hat. Auch weitere scheinbare Naturkatastrophen von unbekannter Zahl soll Diabolos verantworten, z.B. durch das Versprühen von Silberjodid in Wolken schwere Stürme und durch das Anbohren von Magmakammern Erdbeben und Vulkanausbrüche. Die Verbrechen des Diabolos wurden von Kommissar Kotter senior aufgedeckt. Er folgte seinen Spuren und jagte ihn. Diabolos entdeckte bei seiner Flucht die Klippen der Vergessenen und wurde bei einem Gefecht mit Kotter senior von diesem in den Abgrund gestoßen. Kurz darauf erlag Kotter senior den Verletzungen, die Diabolos ihm zuvor zugefügt hatte."

Aulus schlug den Aktenordner betont geräuschvoll zu. Was er soeben gelesen hatte, sprengte den Rahmen seines

Vorstellungsvermögens. Konnte er seinem jahrelangen treuen Ermittlungspartner noch Glauben schenken? Zu sehr klang das Geschriebene über die Person Diabolos sowie sein kriminelles Wirken mehr wie ein dystopisches Schauermärchen als ein seriöser Akteneintrag. Es sollte sich um einen Kriminellen handeln, der Attentate von globaler Tragweite ausgeführt hatte, ohne dass seine Existenz Einzug in die internationalen Straftäter- und Terroristenakten gefunden hatte, sondern lediglich in den provisorischen Behelfsordner eines zwar renommierten, aber mitnichten herausragenden Polizeikommissars.

Kommissar Kotter bemerkte freilich den zweifelnden Blick seines rangniedrigeren Kollegen. „Es ist leider wahr, glauben Sie mir", beteuerte er mit beinahe um Vertrauen flehenden Augen. „Man hat es als Geheimnis gehütet, da es die Menschen sonst in Panik versetzt hätte. Wenn sie das Versagen der internationalen Behörden und Institutionen erkannt hätten, wäre das Vertrauen in unsere unter großen Mühen neugeformte Gesellschaftsordnung verloren gegangen, und dies hätte einen Rückfall in das Chaos und die Anarchie des vergangenen Jahrhunderts bedeutet. Niemand, der nicht die vollen Zusammenhänge begriffen hatte, durfte davon erfahren. Alle Getreuen meines Vaters, die von der Existenz des Diabolos wussten, sind inzwischen verstorben. Ich als sein Sohn bin der einzige noch lebende Eingeweihte – bis auf Sie nun. Aber ich hätte die Geschichte auch Ihnen nicht erzählen sollen, es war ein Fehler, wie ich nun erkenne."

Aulus blickte beschämt zu Boden. Nie zuvor hatte er seinen Vorgesetzten Anlass zu Kritik geboten, sodass ihn die nüchterne Feststellung Kotters, er sei zu skeptisch, um zu vertrauen, umso schwerer traf. Er wusste wohl, dass unüberlegte Reaktionen, die den Kommissar nun vom Gegenteil überzeugen sollten, ihr Ziel verfehlen würden, und schwieg, von sich selbst enttäuscht.

„Sie glauben mir nicht. Vielleicht ist es besser so", fuhr Kotter fort und schwieg über eine kurze, aber unangenehme Zeitspanne.

Schließlich aber hatte er für sich beschlossen, dass es besser sei, Aulus über das Ausmaß des eigentlichen Problems zu unterrichten, anstatt dessen Wissensstand auf ein Minimum zu beschränken. Wenn er ihm als ersten Menschen in seinem Leben sein größtes, meist behütetes Geheimnis offenbaren wollte, durfte er nicht auf halber Strecke Kehrt machen. „Ich brauche einen Vertrauten, zu dieser Zeit mehr denn je, und hoffte, in Ihnen einen solchen zu finden", sagte er. „Denn irgendetwas ist faul an der ganzen Sache, Herr von Primus hat uns die Botschaft mit Sicherheit nicht ohne Grund hinterlassen. Ist Ihnen denn nicht auch aufgefallen, dass ein erschreckend hoher Anteil der zur Höchsten Strafe Verurteilten die schweren Delikte der monumentalen Zerstörung und des massenhaften Mordens scheinbar ohne jegliches Motiv verübt hat? Ich bin immerzu auf der Suche nach einem Zusammenhang zwischen diesen bestialischen Vergehen, deren Serie besagter Diabolos eingeleitet hat, doch bin bis jetzt zu keinen vernünftigen Ansätzen gekommen. Verstehen Sie? Bitte schenken Sie mir Ihr Vertrauen, damit wir dem endlich auf den Grund gehen können, bevor weniger weise Menschen in den Tatbeständen etwas zu erkennen vermeinen und die Bevölkerung unnötig in Panik versetzen."

Aulus erwiderte hilflos den Blick seines Vorgesetzten und rang um eine angemessene Reaktion. Schließlich nickte er langsam und sagte, seine wahre Position bewusst im Dunkeln lassend: „Was auch immer Sie von mir verlangen, ich werde mich nach Kräften bemühen, es erfolgreich zu bewältigen. Dies bin ich Ihnen sowohl formell als Ihr treuer Untergebener als auch moralisch als von Ihnen in die Ermittlerkreise Aufgenommener schuldig."

Kommissar Kotter antwortete nicht, aber er nickte dankend, da er wusste, dass er nun auf die Loyalität seines Freundes zählen konnte.

„Nun gut", sagte Aulus langsam und vorsichtig. „Versuchen wir, diesem Fall ungeachtet seiner Abscheulichkeit und seiner immensen Tragweite nach altbewährten Kriterien nachzugehen. Da Motive nicht eindeutig zu identifizieren sind und die in Frage kommenden, zur Höchsten Strafe verurteilten Verbrecher meines Wissens aus unterschiedlichen Milieus und Kulturkreisen stammen und keine Beziehungen untereinander gepflegt haben, bleibt uns im Grunde nur ein Indiz: All ihre Lebenswege wurden an keinem anderen Ort als den Klippen der Vergessenen zusammengeführt. Vielleicht sollten wir dort beginnen, wo sie geendet sind."

„Sie haben Recht, an jeder anderen Stelle ist es sinnlos, anzusetzen", stimmte Kommissar Kotter zu.

„Zunächst einmal sollten wir uns mit den Klippen der Vergessenen als solchen beschäftigen", fuhr Aulus sachlich fort. „Sind Ihnen neue Informationen zu diesem Ort zugetragen worden?"

„Keine Wesentlichen", antwortete Kotter. „Der Ort liegt unterhalb des Grundes vom See *Lake Black*. Man geht davon aus, dass er vulkanischen Ursprunges ist und der Druck einer Magmakammer eine riesige Höhle entstehen ließ. Weshalb es in der Entstehungszeit keinen Kontakt zwischen dem Magma und dem Wasser des Sees gegeben hat, ist noch nicht endgültig geklärt. Das Magma hat sich jedenfalls, so die Vermutung, aufgrund eines Druckabfalls in der Kammer zurückgezogen. Am Grund der Klippen fließt aber noch immer aus dem tiefen Erdinneren ein Magmastrom an den Fuß des uns zugänglichen Plateaus. Da die heißen, aufsteigenden Wasserdämpfe aus den Tiefen der Erde auf der Höhe dieses Plateaus kondensieren, ist der Ort stets von einem kalten Nebel erfüllt. Zusätzlich entstehen durch den stetigen Ausgleich der Temperaturunterschiede zwischen dem Gelände auf den Klippen und dem Magmastrom an deren Fuß Geräusche, die einige Menschen an Jammern und Seufzen erinnern. Gerade wegen dieser verstörenden Atmosphäre und dem Mangel an glaubwürdigen Forschungsergebnissen wurde dieser Ort, repräsentativ für die Hölle, als Exekutionsstelle für die größten Feinde der Menschheit und der Menschlichkeit gewählt. Zudem stellt er, zumindest für Eingeweihte, also uns beide, ein Zeichen des Sieges der Gerechtigkeit gegenüber dem Unrecht dar. Aber ich nehme an, Aulus, dass Ihnen all diese Informationen bereits nicht unbekannt sind."

„Leider haben Sie Recht", meinte Aulus. „Der Stand der seriösen Forschung ist schon seit längerer Zeit an diesem Punkt eingefroren. Ich bin mir nicht sicher, ob es Sinn macht, nun noch weiter auf diesen Anhaltspunkt einzugehen, denn..."

Er wurde durch den Lärm eines scharf pfeifenden Luftzuges unterbrochen. Wie durch eine unsichtbare Hand riss es Kommissar Kotter von dem Bürostuhl, auf dem er zuvor gesessen hatte, und er schlug hart mit dem Rücken gegen die kahle Wand des Obduktionsraumes gegenüber der Tür. Von dort sackte er bewusstlos auf den Boden.

„Kommissar Kotter!", rief Aulus entsetzt und es trieb ihn, seinem Vorgesetzten zu Hilfe zu eilen, doch seine Muskeln waren wie gelähmt. War seinem Verstand noch zu trauen? Welche Kraft hatte da gerade seinen Freund und Kollegen vom Stuhl geworfen? Tür und Fenster des Raumes waren fest verschlossen, so konnte unmöglich ein Windzug entstanden sein, zumal einer, der Kommissar Kotter gegen die Wand schmettert und ihn selbst nicht einmal streift. In Aulus kroch das zutiefst beklemmende Gefühl hoch, dass er im Begriff war, sich von seiner geliebten, natürlichen, rationalen und so kalkulierbaren Welt zu entfremden und sich schleichend einer neuen, fantastischen, paradoxen zu nähern, die ihm den Verstand raubt und ihn in den Wahnsinn treibt. Mehr Bestätigung als Beschwichtigung fand er in dem folgenden Gebaren seines Vorgesetzten: Stöhnend erlangte er allmählich sein Bewusstsein wieder und umfasste, Gleichgewicht und Halt suchend, mit einer Hand ein Bein der Bahre, auf welcher der tote Körper des Richters lag. Sein Griff war so fest, dass seine Knöchel eine weiße Färbung annahmen und seine Gelenke knackten. Mit leerem Blick erhob er sich vorsichtig und stand taumelnd und in sich zusammengesunken da.

„Herr Kommissar!", rief Aulus, und seine Stimme war sowohl von Erleichterung als auch von Furcht erfüllt. „Was ist mit Ihnen geschehen? Ich begreife es nicht!"

„Ich kann es Ihnen nicht erklären!", stammelte Kotter mit bebender Stimme. Es fiel ihm schwer, einen Blickkontakt zu Aulus herzustellen. Da wandte er sich auch schon ab und schritt zwar wankend, aber zielstrebig auf das Fenster des Raumes zu.

„Was tun Sie da?", fragte Aulus entsetzt.

„So helfen Sie mir doch!", schrie Kotter verzweifelt. „Was geschieht mit mir? Ich will nicht! So helfen Sie mir doch endlich!"

Der Kommissar schien nicht Herr über seinen eigenen Körper zu sein, als er mit zittrigen Händen das Fenster öffnete und sich mit seinem Oberkörper weit nach draußen lehnte.

Als Aulus aus der Starre seines Unverständnisses erwacht war, stürzte er mit aller Macht auf Kotter zu, um ihn noch zu halten, doch er kam zu spät. Der Schwerpunkt von Kotters Körper hatte sich bereits zu weit nach außen verlagert und er stürzte alle sechs Stockwerke in die Tiefe. Dort, wo er vor wenigen Sekundenbruchteilen noch gestanden hatte, prallte Aulus gegen die Wand, von wo er sich resigniert auf den Boden fallen ließ. Er war sich sofort der Tragweite bewusst, die für ihn der Verlust eines großartigen Mentors mit sich führte. Doch all die begleitenden Umstände, der

Luftzug und das unverständliche Verhalten Kotters, die entzogen sich seinem Fassungsvermögen, und aus Verzweiflung über seine Ohnmacht verlor er jene Energie, die ihm die Kraft gegeben hätte, wieder aufzustehen. So sah er auch nicht, was hinter ihm vorging, als plötzlich ein Geräusch ertönte, als würde wer mit einem Gegenstand wie einer Spitzhacke über die Wand schleifen. Erst, als dieses eigenartige Geräusch verklungen war, trieb ihn die Neugierde an, doch aufzustehen und sich umzuwenden. An der Wand, in der auch der Eingang eingelassen war, stand in kaum lesbarer Schrift ungelenk in die Wand geritzt:

DIE KLIPPEN DER VERGESSENEN WAREN NICHT MEIN

ENDE, SONDERN ERST MEIN BEGINN!

DIABOLOS

Aulus war sich sicher, dass dieser Schriftzug beim Betreten des Raumes noch nicht dort gestanden hatte, und dass sich niemand außer Kotter und ihm darin aufgehalten hatte. Aus Zorn über all die Paradoxa der vergangenen Stunden, die tief in sein zwar abenteuerliches, aber nie widernatürliches Leben eingeschnitten hatten, schrie er in den Raum hinein: „Was wird hier gespielt? Bin ich etwa verrückt oder spielt mir wer einen bösen Streich? Wenn es mir doch jemand sagen würde!" Etwas leiser drohte er sich selbst: „Was ich versprechen kann, ist, dass ich dieser Sache auf den Grund gehen werde!"

Kapitel II

Und so kam es auch. Obwohl Aulus die vergangenen Begebenheiten in Bezug auf seinen neuen Fall bewegt hatten wie keine anderen zuvor, bemühte er sich, sein bewährtes Ermittlungsschema auch auf diesen in gebotener Sachlichkeit anzuwenden. Der erste Schritt beinhaltete das Zusammentragen aller Informationen, über deren Kenntnis er verfügte. Von denen wurden die aussichtsreichsten selektiert und näher verfolgt, die übrigen aber niemals vernichtet. Freilich fanden sich bei einem Fall solcher Tragweite zahlreiche Anhaltspunkte; die Akte von jedem der zur Höchsten Strafe verurteilten Verbrecher bot umfassende, wenn auch wenig erfolgversprechende Datenvolumina. Ebenso bedurften der unerklärliche Tod des Richters Maximilian von Primus sowie seine unverständliche Botschaft einer eingehenderen Begutachtung. Aulus aber hielt, nicht zuletzt wegen der mysteriösen Wandschrift in dem Obduktionsraum, die Klippen der Vergessenen für die lockendste Fährte und traf Vorkehrungen, um ihr so rasch als möglich zu folgen.

Er stellte eine Truppe von acht Beamten des Sondereinsatzkommandos zusammen, um mit ihr am kommenden Tag den berüchtigten Klippen einen Besuch abzustatten. Dazu benötige er die Genehmigung des Hauptkommissars Beck, der Kotter übergeordnet war. Sein Vorsprechgesuch wurde genehmigt, sodass er sein Anliegen vortragen durfte.

Kommissar Beck war ein alter, erfahrener Staatsdiener, der in seinen Jahren als Veteran erheblich an Umfang zugenommen hatte und sich einen ergrauten Vollbart stehen ließ. Als Aulus ihm von seinem Vorhaben berichtete und auch nicht den mysteriösen Suizid Kotters ausließ, lauschte er aufmerksam und verharrte, als sein Untergebener geendet hatte, noch eine Weile in sich versunken, nachdenklich brummend. „Eigenartig, äußerst eigenartig", sprach er langsam zu sich selbst. „Kotter ist einer der letzten Menschen, denen ich nachvollziehbare Gründe für einen Selbstmord zugestehen würde. Zweifellos hat ihn der Tod seines Vaters damals schwer getroffen, doch er nahm es als Antrieb, sein Leben der guten Sache zu widmen. Sein psychologisches Gutachten weist ihn als eine stabile, belastbare Persönlichkeit aus. Ich kann daraus nur eines schließen: Es war nicht Kotter, der den Selbstmord ausgeführt hat, sondern etwas anderes. Jedes Ich enthält Nischen, die der Außenwelt oder auch uns selbst verborgen bleiben. Doch es kann passieren, dass sie irgendwann ans Tageslicht treten und ungeahnte Macht über uns übernehmen. Gnad' uns wer auch immer, dass uns nicht das gleiche wie dem guten Kotter widerfährt."

Aulus blieb skeptisch. „Sind Sie sich sicher, dass dies die endgültige Erklärung für diesen Suizid darstellt? Verzeihen Sie meine Bedenken, aber ich habe bereits Bekanntschaft mit einigen Selbstmördern gemacht. Ihr Profil kennzeichnet eine ausgesprochene Komplexität, allein das Zusammenspiel zahlreicher Faktoren gipfelt in der widernatürlichen Tat der Selbstrichtung. Dabei sagten Sie selbst, dass Kotter das Gegenteil eines solchen Charakters war. Seine Lebensweise war eben und solide, fern von Höhen und Tiefen. Er war stets ausgeglichen und in seine Pflicht vertieft, sein Leben kannte nichts außer dem Streben nach einer Welt ohne Kriminalität. Ich kann mich mit Ihrer fadenscheinigen Begründung nicht zufrieden geben, denn ich meinerseits verschrieb mich einst dem Streben nach vollkommener Wahrheit."

Beck schnaubte verärgert aus. „Sie überschätzen sich, Aulus", sagte er gerade heraus. „Ich habe in meinem langen Leben viel gesehen und viel gelernt. Ich bin der Überzeugung, dass es nicht möglich ist, noch viel mehr zu wissen, als wir momentan tun. Unsere Welt ist so perfekt. Wir müssen nichts mehr aufbauen, sondern nur noch erhalten, was da ist. Streben Sie nach noch mehr Wissen, betreten Sie unbekanntes Terrain. Das kann niemand gutheißen, denn es birgt Risiken, die wir nicht eingehen dürfen. All das, was wir jetzt haben, macht unsere Welt wohlhabender und friedvoller. Alles Neue bringt diese Ideale in Gefahr. Darum betrachte ich es als meine Pflicht, all Ihre Bedenken auszumerzen. Finden Sie sich also mit Kotters Selbstmord, so bedauerlich er auch sein mag, ab, und fahren Sie fort, Ihre Pflicht zu tun."

Aulus versuchte, sich seinen Zorn nicht anmerken zu lassen, und blickte mit unterdrücktem Grimm gen Boden. Da gestand sich sein Hauptkommissar eine essentielle Erkenntnislücke ein und verbat ihm, diese zu füllen!

„Sie haben Recht", sagte Aulus und schämte sich selbst für seinen Opportunismus. „Widmen wir uns also dem aktuellen Fall, der Ermordung des Staatsrichters Maximilian von Primus."

„Genau da kann ich Sie auch besser gebrauchen", erwiderte Beck.

„Nun", begann Aulus, ohne eine Miene zu verziehen. „Die große Herausforderung an der Aufklärung des Mordfalles ist die, dass uns jedwede Anhaltspunkte fehlen. Motive gibt es genug, den Richter zu hassen, potentielle Täter aber keine. Kotter schlug eine ungemein abstrakte Spur vor, die mit einem gewissen Namen in Zusammenhang steht: Diabolos. Sagte Ihnen das etwas?"

Beck grübelte kurz, indem er sich durch den grauen, strubbeligen Vollbart strich. „Da fällt mir nur dieser neue Film ein, *Die letzte Flamme des Fixsterns*. Dessen Protagonist heißt, meine ich, Diabolos. Doch wo sehen Sie da den Zusammenhang zu dem Mordfall?"

Aulus zwang sich zur Beherrschung. Das selbstgefällige Unvermögen des Hauptkommissars, seine rigide, lineare Denkweise an die Irrationalität des vorliegenden Sachverhaltes anzupassen, gipfelte in seinen Augen in diesem Bekenntnis von Dummheit. Andererseits erinnerte er sich rasch daran, dass Kotter sich ihm gegenüber nicht anders gefühlt haben musste. So bemühte er sich um einen beschwichtigenden Tonfall, als er sagte: „Ich meine nicht den. Diabolos, so hieß doch auch der größte Verbrecher der neuen Menschheit. Der, der ohne Motiv Millionen von Menschen tötete und Zerstörungen unbegreifbaren Ausmaßes verantwortete."

„Ich hoffe, Sie haben sich gut überlegt, was Sie da gesagt haben", sagte Beck drohend. „Ist es ein Scherz, so beleidigen Sie mit ihm alle offiziellen Institutionen unserer Welt, da Sie ihnen Unfähigkeit unterstellen. Sie sollten wissen, dass derartige Taten unter einer solch verantwortungsvollen Obhut unmöglich sind. Doch meinen Sie es ernst, sind

Sie verrückt und riskieren damit Ihren Ruf. Sie müssen sich nicht entscheiden, doch ich hoffe, dass diese beiden Optionen Ihnen klar machen, wo Sie gerade stehen."

„Kotter erzählte mir über Diabolos", erwiderte Aulus verteidigend.

„Sie vertrauen also einem Mann, der sich nur wenige Augenblicke später höchst mysteriös suizidiert hat", meinte Beck und zog voller Skepsis die Augenbrauen hoch.

„Er sagte, Diabolos hätte seinen Vater getötet, auf den Klippen der Vergessenen", entgegnete Aulus beharrlich, doch die Richtigkeit seiner Aussagen zunehmend selbst anzweifelnd.

Beck lachte schallend.

Aulus verstand, dass es nicht mehr vernünftig war, weiter auf die Existenz des Diabolos zu pochen; zweifellos misstraute er selbst ob jener.

„Das kann nicht sein, und das wissen Sie genau!", sagte Beck, sich noch die Tränen seines Lachanfalls aus den Augen wischend. „Kotter senior hat die Klippen der Vergessenen entdeckt, als er auf der Suche nach Sprengstoffdepots von Terroristen war. Er kam zu Tode, weil sich sein Fahrzeug auf dem unerschlossenen, unwegsamen Plateau überschlagen hatte."

„So weit das gängige Erklärungsmodell", erwiderte Aulus.

„Man konnte sich sonst die ganze Zerstörung und seine schweren Verletzungen nicht erklären."

„Aber mit einem Diabolos?", fragte Beck hinterlistig.

Aulus brodelte innerlich vor Zorn, erkannte aber, dass der eigentliche Zweck seines Vorsprechgesuches in Gefahr wäre, wenn er weiterhin die Konfrontation mit Beck suchte.

„Sie haben Recht", sagte er also und atmete ergeben aus. Die Eigenschaft, lügen zu können, war einer der Gründe für seinen Erfolg als Verdeckter Ermittler. „Kotter muss von Sinnen gewesen sein. Es tut mir so leid für ihn."

„Einer unserer besten!", bestätigte Beck mit ehrlicher Trauer.

„Wir alle kennen unsere Pflicht", meinte Aulus langsam, um auf sein eigentliches Anliegen zurückzukommen. „Kotter hat uns stets vorgemacht, was das bedeutet. Ich werde nun seine Aufgaben übernehmen müssen, und zuletzt behandelte er den Mord an dem Staatsrichter von Primus. In der letzten Unterredung mit ihm, bevor ihn der Wahnsinn überkam, hielten wir einen Besuch der Klippen der Vergessenen für sinnvoll. Wir erhofften dort Anhaltspunkte zu finden, die Rückschluss auf potentielle Täter zulassen könnten. Ich erbitte die Erlaubnis, morgen früh mit einer Einheit von acht Beamten des Sondereinsatzkommandos dorthin aufzubrechen."

„Was versprechen Sie sich denn, am einsamsten Ort der Welt Großes zu entdecken?", entgegnete Beck skeptisch.

„Eine berechtigte Frage", sagte Aulus ungerührt. „Wie Sie wissen, dürfen auch Bekannte und Verwandte des Verurteilten der Vollstreckung des Urteils beiwohnen, wenn dieser von den Klippen der Vergessenen hinabgestoßen wird. Der letzte Verurteilte, ein gefasster Auftragsmörder, wurde vor einer Woche auf Beschluss des Richters von Primus auf den Klippen gerichtet. Ich war dabei selbst anwesend. Er hatte sich bis zuletzt stark gewehrt und dem

Richter explizit Rache für das Urteil geschworen. Und nun ist von Primus tot. Es ist möglich, dass er seinen anwesenden Bekannten, die allesamt in der internationalen Verbrecherkartei gelistet sind, ein Zeichen hinterlassen hat, wie sie seinen letzten Wunsch erfüllen können." Aulus hatte seine ganze Ausführung in einem Atemzug ausgesprochen und spürte nun den zerrenden Drang, nach Luft zu schnappen. Ihm war, als habe er versagt. Mit dieser wenig überzeugenden Begründung würde der Hauptkommissar nie die Erlaubnis für einen solch aufwändigen Einsatz geben! Doch wie sonst hätte er dessen Notwendigkeit darlegen können? Wo Beck dem, was Kotter ihm erzählt hatte, keinen Glauben schenken wollte?

Mitnichten hielt er es für sinnvoll, Beck nach dem kategorischen Ausschluss von Kotters Vermutungen von dem unmissverständlichen Hinweis zu berichten, den jener mysteriöse Diabolos, so er es tatsächlich gewesen sein sollte, an der Wand des Obduktionsraumes hinterlassen hatte. Diese Spur, die Aulus letztendlich davon überzeugt hatte, dass Kotters so irreal erscheinende Ausführungen beachtungswürdige Ansätze für kommende Ermittlungen seien, hielt er als Basis seiner Rechtfertigung für den geplanten Einsatz für herzlich wenig geeignet. Doch war jene fadenscheinige Argumentation, die er in der Not herangezogen hatte, eine bessere Alternative?

„Wenn Sie es für richtig halten", meinte Beck bedächtig.

Aulus jubelte in sich hinein. Er hatte nicht zu hoffen gewagt, dass sein Vorhaben nach dem vorangegangenen Konflikt autorisiert werden würde.

„Ihr Verstand hat sich bisher noch nie geirrt", fuhr Beck mit gefährlichem Unterton fort. „Ich hoffe, Sie wissen, dass Sie nach Ihrem illustren Lebenslauf nur dank dem Fürsprechen Kotters das Vertrauen der Behörden erlangt haben. Ich persönlich habe nie einen Hehl daraus gemacht, dass ich Ihnen noch immer misstraue."

Aulus taumelte betroffen zurück. Nach dem ersten Jahr in seiner Tätigkeit als Verdeckter Ermittler hatte er gemeint, trotz seiner Vorgeschichte durch transparente, objektive und erfolgreiche Arbeit die Achtung der polizeilichen Mitarbeiter erlangt zu haben und wurde nun eines besseren belehrt. Was benötigte der Hauptkommissar außer einer langen Reihe anstandslos gelöster Fälle denn weiter noch, um neben seiner Kompetenz auch von seinen guten Absichten überzeugt zu werden? Nach all dem, was Aulus durch Verstand und Anstrengung bewältigt hatte, verspürte er erstmals seit langer Zeit wieder die niederschmetternde Ohnmacht, durch nichts Menschenmögliches die Narben seiner Vergangenheit unkenntlich machen zu können.

„Sehen Sie Ihren nächsten Einsatz als Prüfung an", sagte Beck in ernstem Tonfall. „Meine Erlaubnis ist auf dem wenigen Vertrauen begründet, das Sie bei mir erworben haben. Verspielen Sie es nicht. Kommen Sie mit handfesten Spuren von den Klippen der Vergessenen zurück. Ich bin davon überzeugt, dass Sie dort nichts Brauchbares finden werden. Überraschen Sie mich also. Nur auf diese Weise werden Sie mein Vertrauen erlangen können. Wir sehen uns morgen."

Aulus schluckte schwer. Vom morgigen Tage würde nach dem Tod seines einzigen Fürsprechers also seine Zukunft abhängen. Von einem Fall, der ihn wie kein anderer verwirrt und ratlos gemacht hatte. Von Informationen, die weder glaubwürdig waren, noch von Beweisen gestützt wurden. Von einem Einsatz, dessen Sinn er selbst bezweifelte. Mit dem Einverständnis des Hauptkommissars waren alle Fluchtwege verriegelt, es blieb ihm allein der Ausweg nach vorne.

„Herr Hauptkommissar", sprach Aulus mit leiser, aber fester Stimme. „Ich werde Sie nicht enttäuschen. Seit ich dieses Gebäude erstmals betreten habe, habe ich es noch nie getan, und ich werde es auch morgen nicht tun. Wir sehen uns."

Mit diesen Worten machte er auf dem Absatz kehrt und schritt aus dem Büro seines Vorgesetzten hinaus.

KAPITEL III

Nachdem der ganz und gar nicht der Routine entsprechende Arbeitstag derart geendet hatte, stattete Aulus seiner Großmutter einen Besuch ab.

Sie war eine alte, weise, gebrechliche Dame mit schlohweißem Haar; eine der wenigen Personen, die die desolaten Zustände vor der Errichtung der neuen Weltordnung miterlebt hatte. Wegen dieser Erfahrung war ihr der Friede wichtiger als aller Wohlstand. Sie lebte einsam in einer bescheidenen Wohnung hinter den glänzenden Fassaden eines gewaltigen Wolkenkratzers. Die wenigen Räume, in denen sie ihre Tage verbrachte, waren schlicht und konservativ eingerichtet. Die gutherzige Frau bekannte sich zu den Wurzeln ihrer Vergangenheit, obgleich die Hüter der Neuen Weltordnung Rückbezüge jeglicher Art auf die Zeit vor deren Errichtung nicht gerne sahen.

Aulus liebte seine Großmutter wegen ihrer fruchtbaren Ratschläge und suchte sie immer dann auf, wenn er in innere Konflikte geraten oder ratlos war. Ihretwegen hatte er sich nach prägenden Jahren in der Partisanenarmee einer verbotenen Widerstandsorganisation gegen die Neue Ordnung für den Weg des geltenden Gesetzes entschieden.

„Aulus", hatte sie ihm damals gesagt und ihm mit einem so tiefen Schmerz in die Augen geschaut, dass er seinen Blick abwenden musste, weil er es nicht ertragen konnte. „Ich weiß, dass dir die Welt des Modernen Menschen missfällt. Du sehnst dich nach Abwechslung, nach Perspektiven, nach Freiheit, und auch nach den alten Helden und ihren Taten, derer niemand mehr bedarf. Die Welt des

Modernen Menschen hat kein Ziel mehr, außer sich selbst zu erhalten. Sie ist zu perfekt, um glücklich zu machen. Ich verstehe deinen Zorn auf diese Welt, die dem Menschen alles nimmt, was ihn gefährlich macht, und ihm alles gibt, was ihm eine belanglose, bequeme Existenz ermöglicht. All das verstehe ich, und auch ich heiße es nicht gut. Aber ich kenne auch die andere Welt. Ich kenne das Chaos, das Leid, die Zerstörung, die Präsenz von Furcht und Qual, zu denen die Menschen ebenso imstande sein können. Setze den Schutz vor all dem nicht für dein Streben nach Erneuerung aufs Spiel. Niemand kann vorhersagen, ob die Welt, für die du kämpfst, besser sein wird als die, in der du jetzt lebst."

Damals war Aulus zornig und von seiner Großmutter enttäuscht davongelaufen. Er hatte verbissener gekämpft und keinen Schmerz, sondern nur noch Hass empfunden. Schwer verletzt war er nach einem Gefecht mit der Internationalen Armee in ein provisorisches Lazarett gebracht worden.

In den Tagen, in denen er dort gelegen hatte und sich selbst überlassen war, als niemand seiner Kameraden wusste, ob er überleben würde oder nicht, hatte er erneut über die Worte seiner Großmutter nachgedacht.

Ja, für welch eine Welt kämpfe ich überhaupt, hatte er sich gefragt. Für eine Welt mit Helden, mit neuen Errungenschaften, mit Freiheit, aber auch mit ehrenhaften Pflichten. Für eine Welt, in der die Menschen etwas leisten, nach Fortschritt streben und wieder stolz auf sich selbst sein können. Aulus schmerzte der Kopf, als er darüber nachsann, wie diese Welt wohl aussähe. Ihm mochte sich einfach kein eindeutiges Bild zusammenfügen, stets zerbrach ein sich langsam und mühselig zusammensetzendes Mosaik zu einem Scherbenhaufen. Ja, sagte er sich, zerstören mag einfach sein, aber aus den Trümmern aufzubauen, diese Begabung ist wohl den wenigsten Wesen zueigen. Wenn ich es mir zur Pflicht gemacht habe, mein Leben für diese neue Welt zu geben und dabei nicht vor Zerstörung und Tod zurückzuschrecken, dann muss ich mir auch sicher sein, dass diese neue Welt eine lohnende Alternative sein wird.

Er war sich aber nicht sicher. Er fühlte sich schwach, gefesselt durch diese übermächtige, allumfassende Ordnung und sein Menschsein.

Und so gab er seine Hoffnung auf eine andere Welt auf. Er stahl sich aus dem Lazarett und kehrte zu seiner Großmutter zurück, die ihm verzieh und ihn versorgte, bis seine Wunden verheilt waren. Aulus hatte in dieser Zeit viel nachgedacht und mit ihr über seine Zukunft gesprochen. Sein Gefühl von Ohnmacht gegenüber dem Konstrukt menschlichen Ermessens, das die Gesellschaft gestaltete, mündete schließlich in Resignation. Er war durch die Kämpfe geschwächt und durch das Grauen, das er gesehen und verursacht hatte, traumatisiert, sodass er seine rebellische Gesinnung nach starken inneren Konflikten aufgab.

Dies war der Zeitpunkt, an dem er sich dazu entschlossen hatte, sich dieser schier unermesslichen, so perfekten Ordnung der Neuen Gesellschaft aus Anerkennung, Respekt und Demut zu unterwerfen. Als er wieder bei Kräften war, stellte er sich den Behörden und erwirkte seine Freilassung gegen bedeutsame Informationen über die Widerstandsgruppierung. Kommissar Kotter junior war der Erste, der ihm Vertrauen entgegengebracht und sich für ihn eingesetzt hatte. Dank seiner Fürsprache hatten ihn die Behörden als Verdeckten Ermittler aufgenommen, und seit diesen Tagen stand er in den treuen Diensten der Neuen Ordnung.

Seine Erfahrungen, seine Methodik und sein Verstand machten ihn zu einem unentbehrlichen Diener der Gesellschaft, mit spielerischer Leichtigkeit löste er Fälle, bei denen die selbstgefälligen gemeinen Beamten an die Grenzen ihrer Fähigkeiten stießen.

Doch nun stand er selbst hilflos da und benötigte bitterlich Rat von seiner Großmutter. Und so berichtete er ihr alles, was an diesem Tag vorgefallen war. So unglaubwürdig und verrückt es auch klingen mochte, nichts ließ er aus, da ihm das Vertrauen in seine Großmutter schwerer wog als die Furcht, von ihr nicht für ernst genommen zu werden. Wie konnte sie ihm denn auch helfen, wenn sie nicht von alldem erfuhr, was ihn mehr als alles zuvor verwirrt hatte?

So berichtete er ihr über einen Mord, der unmöglich geschehen sein konnte, weil keine Spuren ihn verrieten. Über einen Verbrecher, der sich bemüht hatte, wie niemand anderes die Ordnung der Neuen Gesellschaft zu zerstören, ohne dass man ihm Einhalt gebieten konnte und dessen Existenz derart geheim gehalten wurde, dass sie nicht mehr glaubhaft erschien. Über einen unbekannten Helden mit dem Namen Kotter senior, der sein Leben geopfert hatte, um diesem Verbrecher das Handwerk zu legen. Über seinen Sohn, einen vom Wahnsinn ergriffenen Kommissar, der um Unterstützung für einen höchst brisanten, doch inoffiziellen und unbeachteten Fall flehte, ehe er sich unter unbegreifbaren Umständen das Leben nahm. Über eine mysteriöse Botschaft, die scheinbar der vor langer Zeit getötete Verbrecher in dem Obduktionsraum hinterlassen hatte. Über eine Mission zu den Klippen der Vergessenen, die jeden Sinnes entbehrte, doch an der nun seine Zukunft hing.

Bis Aulus eine Ordnung in all diesen irrationalen Geschehnissen gefunden hatte, redete er wirr, ziellos und verzweifelt, doch seine Großmutter hörte ihm zu und unterbrach ihn nicht. Als er geendet hatte und resigniert in sich zusammenfiel, schwieg seine Großmutter noch eine lange Zeit, wiederholte im Stillen seine Worte und dachte über sie nach.

„Ja, wir wissen Vieles", sagte sie schließlich langsam und bedächtig. Aulus blickte zögerlich zu ihr auf. Auf der einen Seite hatte sie ihn noch nie mit ihren Ratschlägen enttäuscht und aus eben diesem Grund hatte er sie auch aufgesucht. Andererseits zweifelte er jedoch daran, dass sie ihm ebenso wie jedwedes andere Individuum in einer Situation helfen konnte, in der die Grundsätze der Vernunft derart vergewaltigt worden waren.

„Vieles wissen wir", wiederholte sie. „Aber wir wissen mitnichten alles. Wir werden es nie können, das ist in der menschlichen Natur begründet. Lange habe ich darauf gewartet, dass die Neue Ordnung an ihre Grenzen stößt, und heute ist dies der Fall. Sie hat viel Heil gebracht und ist zukunftsfähiger und ausgefeilter als alle Gesellschaftsformen zuvor, doch perfekt ist sie nicht. Ich wusste stets, dass es nur eine Frage der Zeit sein würde, bis ihre Makel zutage treten würden."

„Großmutter!", klagte Aulus. „Aber hier sind nicht allein die Grenzen unseres Wissensstandes überschritten, sondern auch die der Logik, der Erfahrung und der Vernunft! Wie soll ich diesen Fall lösen, wenn all meine bewährten Methoden bereits gescheitert sind, noch ehe ich sie anwenden konnte?"

„Indem du aufmerksam bist und lernst", antwortete sie schlicht.

Aulus setzte zu einer entrüsteten Antwort an, doch seine Großmutter unterbrach ihn, ehe er zu Wort kommen konnte.

„Die Erde mit ihren Meeren, Bergen, Dschungeln und Wüsten, das gesamte All und die kleinsten Bestandteile der Atome sind den von Menschen erforschten Gesetzmäßigkeiten unterworfen. Wo du auch hinsiehst, gibt es Antworten auf all deine Fragen. Die Klippen der Vergessenen, das ist der einzige Ort, der sich noch hartnäckig dem Bestreben der Menschen entzieht, ihn zu verstehen. Von der Neuen Gesellschaft wirst du keine Antworten mehr erhalten. Sie ist faul und überheblich. Ihr Vertrauen darin, die gesamte Welt verstanden zu haben, füttert sie mit den vielen Lehrsätzen und Formeln, die kluge Köpfe vor ihr ermittelt haben. Doch die Welt ist noch viel mehr als all das. Wir haben dies schon lange vergessen, da es in unserem Alltag keine Rolle mehr spielt. Und doch ist da immer noch dieses Unfassbare, das Unermessliche, Geheimnisvolle, das diese Welt für immer ein Mysterium bleiben lässt. Der Sinn unseres Lebens und unseres Bewusstseins über die Schöpfung. Die Antwort darauf wird sich dem Menschen nie vollständig erschließen. Doch verstehst du, Aulus? Du hast die Möglichkeit, morgen dein Wissen zu erweitern. Diese Möglichkeit wirst du nie mehr sonst haben. Sei also aufmerksam und lerne von dem Unbekannten, das dir an den Klippen der Vergessenen entgegentritt. Dann wirst du verstehen und die richtigen Entscheidungen treffen. Das Schicksal hat Großes vor mit dir."

„Großmutter, ich verstehe nicht", rief Aulus entrüstet aus. Er zweifelte erst zum zweiten Mal in seinem Leben an der Richtigkeit ihrer Worte. Doch ihm mochte sich schlicht nicht erschließen, wie er diesen kryptischen Ratschlag umsetzen sollte, stünde er erst einmal auf dem unwegsamen Plateau der Klippen.

„Mein lieber Aulus", entgegnete diese unbekümmert. „Vertraue mir. Du wirst verstehen. Doch ich weiß, dass es keine einfache Mission wird. Und aus diesem Grund möchte ich, dass dich mein Segen begleitet. Bitte gedulde dich einen Augenblick." Sie erhob sich mit einer für ihr Alter einzigartigen Agilität von dem Sofa, auf dem sie gesessen hatte, und verschwand in einem Nebenraum.

Aulus blickte ihr fassungslos nach, lehnte sich dann resigniert zurück und schloss die Augen. Sollten ihn die kryptischen Aussagen seiner Großmutter überhaupt überraschen, wenn seine eigenen nicht minder widersinnig geklungen haben mochten? Zeugte es nicht etwa von der geistigen Unzulänglichkeit seiner Großmutter, dass ihr nicht in den Sinn gekommen war, den Bericht über die Erlebnisse seines Tages infrage zu stellen?

Ein heiteres „Hier bin ich wieder" riss ihn aus derlei Gedanken. Er öffnete langsam die Augen, um sie dann entgeistert aufzureißen. Seine Großmutter hielt nichts anderes als ein Schwert in ihren Händen! Als sie es ihm ermunternd entgegenstreckte, wurde er der vielen Details gewahr, die dieses Schwert zu einem unermesslich kostbaren Unikat machten.

Es handelte sich um einen Einhänder, dessen im schwachen Licht des Raumes silbern glänzende Klinge tausende von hauchfeinen, übereinander gelagerten Bearbeitungsschritten zur Schau stellte, die aus einem banalen Stück Metall eine widerstandsfähige, scharfe und absolut tödliche Waffe gemacht hatten. Der Griff war mit Perlmutt besetzt, das je nach einfallendem Licht in allen Farben des Regenbogens schillerte, und endete unten mit einem halbkugelförmigen Knauf, der die Gewichtsverteilung optimierte und den der Träger im Kampfesfall auch als Knüppel verwenden konnte. Gleichwohl das Schwert in seinem Erscheinungsbild in den Händen der alten, weisen Dame einem Kunstwerk gleichkam, missverstand Aulus nicht dessen alleinige Funktion, für die man es vor einer unbekannten Anzahl von Jahren erschaffen hatte: Ihm war der Begriff der Gnade fremd, es sollte die Feinde einer Nation, eines Glaubens oder einer Idee auf eine effiziente Weise hinschlachten; Begriffe, deren Bedeutung die meisten Menschen der Modernen Welt nicht mehr kannten.

Aulus blickte ehrfürchtig zu seiner Großmutter auf und streckte zögernd seine Hand nach dem Schwert aus, um sie unschlüssig wieder zurückzuziehen, doch diese lächelte ihn auffordernd an, sodass er nach einem kurzen Kampf mit sich selbst seine Hemmungen überwand und die Kostbarkeit vorsichtig entgegennahm. Als er den Griff fest umschlossen hatte, war er überrascht, wie gut ihm die Waffe in der Hand lag. Der Griff war wie für seine Hand geformt und die Waffe so gut ausbalanciert, dass sie jeder kleinsten Geste eben so folgte, wie er es verlangte.

„Unsere Familie", sagte seine Großmutter feierlich und schwärmend, „nennt diese Klinge *Agmen*. Einst hatte ein unbekannter Schmied sie für Aulus den Tapferen angefertigt. Mit ihr hatte er in einer unbekannten Zeit allein ein ganzes Heer von Feinden besiegt. Unsere Chronik sagt, dass er damit seinem Volk eine glorreiche Zeit beschert hatte, doch selbst auf das ihm zustehende Glück verzichtete. Aulus, wie du siehst, steht dein Name in einer großartigen Tradition. Erweise dich ihrer würdig und setze sie fort, denn das ist deine Bestimmung. Nun geh und verteidige deine Welt, und sei es gegen die Essenz von allem Bösen, das es in ihr gibt. Möge dir Agmen auf diesem Weg ein treuer Begleiter sein."

„Großmutter", entgegnete Aulus, von ihrer Regung ebenso ergriffen, und schwang entschlossen sein Schwert einem unsichtbaren Gegner entgegen. „Ich kenne meine Pflicht. Du wirst mich entweder als Sieger oder gar nicht zurückkehren sehen."

Mit diesen Worten erhob er sich abschließend, nickte seiner Großmutter ein letztes Mal entschlossen zu und verließ sie.

KAPITEL IV

Am nächsten Tag rollten neun gepanzerte Einsatzfahrzeuge der Internationalen Polizei auf das unwegsame Plateau der Klippen der Vergessenen und hielten wenige Meter vor dem Abgrund.

Dass die Klippen der Vergessenen erst nach der Errichtung der Neuen Weltordnung entdeckt worden waren, war der Tatsache geschuldet, wie unzugänglich dieses Gelände war, zumal an einem Ort, an dem man ein solches Areal nie vermuten würde: In einer Höhle tief unter der Erdoberfläche, unterhalb eines kleinen, aber tiefen, eiskalten Sees, dessen Wasser schwarz war. Die Menschheit hatte ihn nahe liegend *Lake Black* getauft. Sowie man in den See eingetaucht war und die Wasseroberfläche ein gutes Stück hinter sich gelassen hatte, wurde man von einer starken, rotierenden Strömung erfasst, die einen bis zum Grund des Sees zog. Dort befanden sich einige schmale Spaltöffnungen in dem kantigen, harten Gestein. Aus den an den Rändern des Sees liegenden schoss das schwarze Wasser aus den Untiefen der Erde heraus, in die zentraler liegenden floss es wieder ab, ein unendlicher, wilder Kreislauf, dem die trügerische Stille der Wasseroberfläche entgegenstand. Nur in einen der Spalten drang kein Wasser. Ergab man sich widerstandslos der Strömung, so zog sie einen geradewegs in diese Öffnung hinein, und so stürzte man auf das Plateau, das den Menschen unter dem Namen *Klippen der Vergessenen* bekannt war.

Die Einsatzfahrzeuge waren wasserfest und robust. Sie hatten den wilden Trip durch den Strudel und den darauf folgenden Sturz unbeschadet überstanden. Ihre mit Wasserstoff betriebenen Motoren knisterten, als sie nun allmählich abkühlten.

Es fröstelte Aulus, als er aus seinem Wagen stieg. Agmen baumelte mit einer Schlaufe an dem Vielzweckgürtel seiner funktionalen Einsatzuniform, neben einer Maschinenpistole, einer Taschenlampe, einem Messer und einem Ersatzmagazin. Das Schwert hatte er lediglich zu Ehren seiner Großmutter mitgenommen; als er am späten Abend seine Mission noch einmal überdacht hatte, hatte die Vernunft die spontane Wallung durch die euphorischen Worte seiner Großmutter erstickt und ihn mit der Entbehrlichkeit dieses Gegenstandes konfrontiert. Mit einem Gefühl von Unwohlsein blickte er sich um. Die Klippen der Vergessenen lagen vor ihm wie er sie kannte von den vielen Malen, als er Dramen für Verurteilte und deren Familien und Freunde miterleben musste. Und doch verstörte ihn der Anblick an diesem Tag mehr als zuvor. Es mochte daran liegen, dass er heute allein mit einer kleinen Truppe, die auf seinen Befehl gehorchte, dort stand, wo sich sonst Vollstrecker, Beamte, Nahestehende des Verurteilten und eine geifernde Schar Schaulustiger tummelten, oder daran, dass heute seine Zukunft von dieser Expedition abhing, oder auch daran, dass sich heute die Klippen der Vergessenen von einer Seite präsentierten, mit der sie ihren Ruf zu übertreffen scheinen wollten.

Die Stelle, an der die Fahrzeuge standen, war ein relativ flaches, noch zugängliches Plateau, bedeckt von dunklem, verrußtem, sprödem Geröll. Rechts davon wurde das Gelände immer unwegsamer, das Terrain zerklüfteter und die

Felsen und Steine, die es bedeckten, schwerer und mächtiger. Mit angestrengtem Auge konnte man dort ganz in der Ferne ein hoch aufragendes, dunkles, kantiges Massiv erahnen, das sich zur rissigen Decke des Areals streckte, die allein von dem düsteren Schlund unterbrochen war, der es mit dem See verband. Dieses gewaltige Massiv zog sich parallel zur Kante zum Abgrund hinter dem Standpunkt des Betrachters über die gesamte Längsseite hin. Doch all das war nur undeutlich zu erahnen, da in der Luft ein schwerer, feuchter, kalter Nebel hing, der die Sicht trübte und den Atem schwer werden ließ. Links von der Stelle, an der Aulus stand, brach das Plateau sehr bald ab. Allein eine kleine Plattform, die über einen Gesteinsbogen mit dem begehbaren Gelände verbunden war, ragte, auf einem natürlich geschaffenen Pfeiler ruhend, in das Lavameer hinein. Von dort erhielten all die ärgsten Feinde der Neuen Ordnung den entscheidenden Stoß in den Abgrund.

Nur ein kleines Stück vor den Fahrzeugen befand sich der Abgrund, eine Felswand, die senkrecht, nur von einigen Zacken und Vorsprüngen unterbrochen, in die Tiefe ragte. Dort, ganz unten am Grund, toste das Lavameer. Aus Spalten in dem Gestein quoll frisches Magma aus den Tiefen der Erde in dieses Meer hinein und floss in einem monströsen Strudel direkt vor der Plattform wie durch einen gewaltigen Abfluss wieder hinunter in die Untiefen des Erdreiches. Mit ihr verschlang der Strudel ebenso all die unglücklichen Terroristen und Kriminellen, ließ sie in der Lava ertrinken und verbrennen und verleibte sie dann für immer der Unterwelt ein. Wogen von flüssiger, heißer Lava zerstäubten dort unten zyklisch am Fuß der Felswand zu glühenden, zähen Fetzen, die wieder in das Meer herabregneten. Von diesem schauerlichen, wilden Spektakel blieb oben auf den Klippen nur ein schwacher, glühender Schein, der sich mit dem unsäglich schwermütigen und leidvollen Gejammer und Gestöhne mischte, das aus keiner Richtung zu kommen schien und dem man nirgendwo auf den Klippen entkommen konnte. Es gab Menschen, die diese grauenvolle Atmosphäre nicht ertragen konnten und für den Rest ihres Lebens dem Wahnsinn verfallen waren, nachdem sie den Klippen der Vergessenen einen Besuch abgestattet hatten.

Die Beamten des Sondereinsatzkommandos formierten sich in einem Halbkreis um Aulus, die Waffen im Anschlag und schussbereit. Hektisch, doch zielgerichtet suchten sie mit dem Zielfernrohr das Gelände auf Anomalien ab, fanden aber freilich keine. Aulus hatte die Truppe über das Ziel der Mission informiert, jedoch ohne sie über die tatsächlichen Hintergründe aufzuklären. So wussten sie lediglich, dass es galt, nach jedweden Hinweisen zu suchen, die der Aufklärung des Mordes am Staatsrichter dienlich waren. Dass von dieser Mission die Zukunft von Aulus als Diener des Sicherheitssystems der Neuen Ordnung abhing, hatte sich unter den Männern des Kommandos bereits als Gerücht verbreitet.

„Da haben Sie sich ja was vorgenommen, Chef!", rief einer der Beamten Aulus zu.

Aulus, der in Gedanken versunken war, fuhr zusammen.

„Da hast du Recht", brummte er, als er sich wieder gefasst hatte, in sich hinein. „Und wie du Recht hast." Und lauter befahl er: „Ausschwärmen, Leute! Sucht nach Brauchbarem, zeigt mir alles, was ihr finden könnt! Abdrücke, Zettel, verlorene Gegenstände, was auch immer, sucht!"

„Da können wir ja lange suchen!", rief ein anderer Beamter. „Ist Ihnen mit der Lupe recht?" Zwei weitere kicherten.

Aulus jedoch war nicht zum Spaßen zumute. „Ich werde mir Ihren Namen merken!", fuhr er ihn an. „Und jetzt ab mit euch!"

Die Männer gehorchten und verschwanden im Laufschritt in alle Richtungen, bis Aulus allein bei den geparkten Einsatzfahrzeugen zurückblieb und versuchte, zur Besinnung zu kommen.

Nun war also die entscheidende Zeit gekommen. Seine gesamte Zukunft, sein Lebensunterhalt, seine Anerkennung in der Gesellschaft und nicht zuletzt der Stolz seiner Großmutter hingen von den folgenden Minuten ab, die er hier mutterseelenallein auf dem einsamen, unergründlichen Plateau der Klippen der Vergessenen verbrachte, in der trügerischen Hoffnung, etwas entdecken zu können, das Hinweise auf den Täter eines Mordes gab. Einer Tat, zu der nur Menschen imstande sein können. An einem Ort, den sich die Menschen als einzigen auf dem Erdenrund nicht vollends einverleibt haben.

„Ich habe versagt, bevor die Mission erst richtig begonnen hat", sprach Aulus leise zu sich selbst. „Ich habe den größten Fehler begangen, den ein Mensch im Streben nach Erfolg überhaupt begehen kann: ich habe irrational gedacht. Ich habe mir Hoffnungen gemacht, die von vorneherein zum Scheitern verurteilt waren. Und wenn die Realität diese Hoffnungen einholt, werden sie in einem Scherbenhaufen vor mir liegen."

Aulus fühlte sich schwach und verloren. Wehmütig setzte er sich auf die Motorhaube seines Einsatzfahrzeuges, dessen gestärkter Stahl sich mit seiner Kälte und Härte dagegen zu wehren schien. „Wenn ich mir diese Niederlage doch wenigstens eingestehen könnte", klagte er. „Und doch habe ich immer noch diese Anspannung, dieses Erwarten von etwas, von dem ich nicht einmal weiß, was es ist."

Das Geräusch der im Staub knarzenden Schritte der ziellos umhersuchenden Beamten verlor sich bald in der Stille.

Aulus wusste nicht, wie lange er dort gesessen und niedergeschlagen sinniert hatte, als sie zurückkamen, um Meldung über ihre Sucherfolge zu erstatten.

„Chef, ich habe nicht einmal die Antwort darauf gefunden, was wir überhaupt suchen sollten", sagte der zuerst ankommende Beamte mit unterdrücktem Lachen. Aulus sah ihn scharf an und sprang energisch von der Motorhaube hinunter. Der Beamte konnte seinem Blick nicht lange standhalten.

„Na gut", meinte er verärgert. „Und was ist mit euch anderen?"

„Keine Fußabdrücke mehr sichtbar", meldete ein anderer etwas vorsichtiger. „Durch die Feuchtigkeit und die Luftbewegungen sind alle Spuren auf dem Boden unkenntlich gemacht worden." Aulus nickte ihm verständig zu.

„Nichts, einfach nichts", sagte der nächste. Alle anderen Männer des Sondereinsatzkommandos waren unterdessen ebenfalls eingetroffen und nickten zustimmend. „Um ehrlich zu sein überrascht mich das überhaupt nicht, Chef", meinte er. „Was hätten Sie überhaupt gehofft zu finden?"

„Ach, ich weiß es nicht", antwortete dieser enttäuscht, während das Entsetzen in ihm emporstieg. Wie sollte er nun zurückkehren? Als Versager, der daran gescheitert ist, dass er seinen eigenen Maximen nicht gefolgt ist! Und wie würde Hauptkommissar Beck triumphieren, wenn der brillante Verdeckte Ermittler Aulus, wie er es prophezeit hatte, mit leeren Händen zurückkäme! Wie sollte es nun weitergehen für ihn?

Es entstand eine unangenehme Stille. Die Beamten warteten auf seine weiteren Befehle, doch Aulus lehnte sich nur resigniert gegen sein Einsatzfahrzeug und blickte grimmig zu Boden, sodass sie sich unschlüssig anblickten und gleichgültig mit den Schultern zuckten.

Schließlich rappelte er sich entschlossen auf. „Wahre Versager sind die, die sich ihr Versagen nicht eingestehen können", sagte er verbittert. „Ich werde also tun, was meine Ehre gebietet." Und in die Runde rief er: „Männer, ich mache euch keinen Vorwurf. Ihr habt das geleistet, was ihr konntet und wozu ich euch beauftragt habe. Euch trifft keine Schuld. Machen wir, dass wir verschwinden von diesem unwirtlichen Ort!"

Die Beamten nickten nicht ohne Erleichterung und machten sich schnell auf zu ihren Einsatzfahrzeugen. Auch Aulus wandte sich zu seinem und umfasste schon den Türgriff, als ihn auf einmal etwas davon abhielt, die Fahrzeugtür zu öffnen.

„Chef, Chef was passiert auf einmal mit mir?", schrie ein Mann vom Kommando plötzlich voller Entsetzen und stürzte auf ihn zu. In böser Vorahnung ließ Aulus den Türgriff fahren und drehte sich langsam zu ihm um. Er erkannte die blanke Verzweiflung in dem Gesicht des Einsatzmannes und prallte erschrocken an sein Fahrzeug zurück. Ihn verstörte nicht allein die Tatsache, dass soeben ein tapferer, ausgebildeter, erfahrener Staatsdiener scheinbar grundlos mit dem Ausdruck von existenzieller Not auf ihn zustürmte, nein, nicht nur das, sondern auch, dass ihm dieses absonderliche Gebaren seltsam bekannt vorkam.

Der Beamte erreichte Aulus nie. Nur wenige Meter vor ihm stürzte er zu Boden und rührte sich nicht mehr. Aulus lief sofort zu ihm und kniete nieder, um ihm zu helfen, doch er konnte nur noch seinen Tod feststellen.

All die anderen Männer des Einsatzkommandos wandten sich erschrocken zu ihm. „Ich verstehe das nicht!", schrie Aulus sie in panischer Raserei an. Da fiel auf einmal ein anderer Beamter auf die Knie, schnappte nach Luft und es bildete sich Schaum vor seinem Mund. Sein nebenstehender Kamerad packte ihn unwillkürlich, bevor er zu Boden kippen konnte, doch der Unglückselige starb in seinen Armen.

Ein fürchterliches, bösartiges Lachen schien von allen Seiten auf die kleine Truppe herabzuschallen.

Die verbliebenen Männer des Sondereinsatzkommandos rückten, wie sie es unzählige Male geübt hatten, zu einem Kreis um Aulus zusammen, zogen ihre Waffen und observierten genau das Gelände, ohne aber irgendetwas zu entdecken. Die aufkommende, nervöse Stille durchbrach ein bekanntes, gleichgültiges mechanisches Geräusch, als ein

Beamter seine Waffe lud und sich wortlos in den Kopf schoss.

Und dann brach ein schreckliches Chaos aus: Ein Beamter stürzte rückwärts in den Abgrund und wurde von einem zackigen Vorsprung aufgespießt, ein anderer sackte schlicht in sich zusammen und starb, während sich ein weiterer schreiend auf dem Boden wälzte, bis er mit hervorquellenden Augen und verkrampften Gliedmaßen liegen blieb.

Schließlich verblieb Aulus alleine auf den Klippen der Vergessenen. Alle Beamten des von ihm aufgestellten Sondereinsatzkommandos waren aus unerklärlichen Gründen zu Tode gekommen. Aulus lief zu ihnen allen, rüttelte an ihnen, ergriff alle erlernten Lebensrettungsmaßnahmen und redete ihnen verzweifelt zu, doch es half alles nichts, sie blieben tot und er allein.

KAPITEL V

Als Aulus begriffen hatte, dass er für keinen seiner Männer mehr etwas tun konnte, blieb er resigniert bei den Einsatzfahrzeugen stehen und ließ seinen Blick ziellos über die Kante zum Abgrund schweifen, ohne wirklich von dem mitzubekommen, was er sah. So blieb er eine lange Zeit. Er konnte nicht mehr zurückkehren. Wenn Hauptkommissar Beck und all die anderen Beamten des Sicherheitsapparates von dem Tod ihrer Kollegen erführen, zumal unter solch bizarren Umständen, würden sie ihn des Mordes an ihnen bezichtigen. Sie hatten ihm nie wirklich vertraut, dass er vollends auf die Seite des geltenden Rechts übergewechselt war, und würden in der sinnlosen Mission den lang gehegten Plan eines Verräters erkennen, das Sicherheitssystem und so die Stabilität der Neuen Ordnung auf irgendeine Weise zu schwächen. Die Strafe dafür konnte nur der Sturz von den Klippen der Vergessenen sein. Doch konnte er ihnen diese unrechten Anschuldigungen zum Vorwurf machen? Wie sonst wäre denn der Tod von acht Eliteeinsatzmännern der Internationalen Polizei an dem verlassensten Ort der Erde erklärbar, und dass ausgerechnet er unversehrt aus diesem Schlachten hervorgegangen war?

Bei seiner Großmutter konnte und wollte er nicht Zuflucht suchen. Er konnte nicht einmal die Vorstellung davon ertragen, wie traurig sie über den desaströsen Ausgang jener Expedition wäre, von der sie ihrem Enkel so große Hoffnungen gemacht hatte.

Mit langsamen Schritten näherte er sich dem Abgrund.

War es denn tatsächlich so, dass das Diesseits keinen rechten Platz mehr für ihn hatte? Hatte sein Schicksal nichts anderes für ihn vorhergesehen? Musste es wirklich soweit kommen? Er blickte unschlüssig in den rot glühenden Dunst hinab, schwankte gefährlich weit vor, dann wieder zurück.

„Nein!", rief er erbost aus. „Das habe ich nicht verdient! Seit ich in den Diensten der Neuen Ordnung stehe, habe ich nichts getan, was dieses Ende rechtfertigt!" Grimmig schritt er zu seinem Einsatzfahrzeug zurück. Noch bevor er es erreichte, blieb er, von der einen unbeantworteten, existenziellen Frage gehemmt, stehen. „Doch was tun jetzt?", fragte er mit einem Seufzen in sich hinein. „Ich kann nirgendwo hin, doch hier bleiben kann ich ebenso wenig. Ach, was soll ich nur tun?"

Lange Zeit stand er allein auf den Klippen der Vergessenen. Niedergeschmettert grübelte er über die Vielzahl der unbeantworteten und unbeantwortbaren Fragen, die sich ihm seit dem Anbruch des gestrigen Tages stellten.

Durch was waren die Männer des Sondereinsatzkommandos zu Tode gekommen? Wieso lebte *er* noch? Was hatte es mit der plötzlich aufgetauchten, in die Wand geritzten Botschaft des Diabolos im Obduktionsraum auf sich? Wie konnte sich sein großartiger Mentor Kommissar Kotter scheinbar gegen seinen Willen umbringen? Wie konnte jemand einen Mord an dem Staatsrichter von Primus verüben, ohne eine einzige Spur zu hinterlassen? Wie konnte die Existenz des mächtigsten Verbrechers der Erde von dem Bewusstsein der Menschheit ferngehalten werden und war ihr überhaupt zu trauen? Konnte er überhaupt noch sich selbst trauen?

Je intensiver sich Aulus mit diesen auf ihn einstürmenden Fragen befasste, umso verworrener und unverständlicher erschien ihm die Realität. Eine Realität, die man nicht mehr mit Vernunft fassen konnte. Und während er sich bemühte, doch logische Ansätze, Zusammenhänge und einen Sinn in all den Ereignissen zu finden und in diesen Gedanken vertieft vor sich hin sinnierte, vergaß er, wo er war und was er hier tat. Er sah nicht mehr das schwache rote Leuchten vom Abgrund, hörte nicht mehr das unsäglich leidvolle Gejammer und spürte nicht mehr die eisige, feuchte Kälte.

Und so bemerkte er auch nicht, wie sich hinter ihm lautlos eine schwarze Gestalt näherte. Erst, als sie unmittelbar hinter ihm stehen geblieben war und er ihren eiskalten Atem spürte, riss ihn die Änderung des Status quo aus seinen tiefen Gedanken.

Als Verdeckter Ermittler hatte er sich schon oft in der Gesellschaft anarchistischer Krimineller aufgehalten und sich einige existenziell bedeutsame Verhaltensregeln aneignen müssen, die das Überleben in solchen Kreisen nur ermöglichten. Eine der wichtigsten war die, dass man sich nie überraschen lassen durfte und wenn doch, durfte man es sich unter keinen Umständen anmerken lassen.

So schreckte er trotz der Erkenntnis, dass er doch nicht allein auf den Klippen der Vergessenen war, nicht auf, sondern fasste sich kurz und drehte sich dann langsam und auf alle Eventualitäten gefasst um.

Ihm gegenüber stand eine schlanke, großgewachsene Person. Aulus konnte ihr Gesicht nicht erkennen, da ihr Kopf von der Kapuze eines pechschwarzen, bis zum Boden reichenden Umhangs bedeckt war. Allein ein glutrotes, schwach glimmendes Augenpaar gab Rückschluss darauf, dass sich überhaupt ein Gesicht in der Kapuze befand. Ein Rot, wie die Lava in dem tosenden Meer am Abgrund der Klippen, fuhr es Aulus durch den Sinn.

„Wer sind Sie?", fragte er vorsichtig.

Die Gestalt lachte auf. Kalt und gefühllos hallte es von den steinernen Wänden des Geländes wider. Sie hob ihre Hände, die mit einem schwarzen, metallisch glänzenden Material behandschuht waren, das trotzdem fließende Bewegungen zuließ, zum Gesicht und schlug die Kapuze zurück. Aulus sah vor sich einen Mann mittleren Alters, mit leichenblasser Haut und schwarzem Haar, das zur Mitte in einem dezenten Irokesenschnitt zusammenlief. Sein Gesicht war schmal, die Wangen eingefallen, die Nase spitz und die Lippen dünn und grau. Soweit hätte Aulus also einen gewöhnlichen Menschen vor sich haben können, wenn da nicht die Augen gewesen wären. Während Iris und Bindehaut tiefschwarz waren, leuchteten die wie bei Raubkatzen schlitzförmig verengten Pupillen wie Glut. Unter den Augen verlief rechts und links von der Nase bis zum Kinn jeweils ein blutroter, schmaler Streifen.

Ein feines, spöttisches Lächeln kräuselte die Lippen der Gestalt, als sie erkannte, dass Aulus sich angesichts ihres bizarren Erscheinungsbildes nicht eines gewissen Entsetzens erwehren konnte, doch ihre Stimme klang metallisch, kalt und gefühllos wie ein Peitschenhieb. „Mein Name ist Diabolos und ich habe gerade deine Eskorte dezimiert."

„Unmöglich", entfuhr es Aulus unwillkürlich. „Du bist tot. Kotter senior hat dich an dieser Stelle in den Abgrund gestürzt!"

Die Gestalt lachte schallend. Erst jetzt erkannte Aulus, dass die Zähne ihres Gebisses vollständig aus Gold bestanden. „Mit deiner geliebten Logik kommst du an einem Ort wie diesem nicht weiter", entgegnete sie. „Ich stehe hier vor dir, ich *bin*, weil es *möglich* ist. Und ich habe deine Männer getötet, weil es *möglich* ist."

„Aber warum lebe ich dann noch?", fragte Aulus fassungslos.

„Mmmh", antwortete die Gestalt. „Nun ja, weil das *nicht* möglich ist."

Aulus war sprachlos. Mit jeder Antwort, die jene eigentümliche Gestalt so bereitwillig gab, verwirrte sie ihn mehr und untergrub stärker sein Vertrauen in die Vernunft, wie all das, was er seit dem vergangenen Tag erlebt hatte. Ergeben beschloss er, fortan zuzuhören und zu vertrauen, denn alles andere presste ihn nur stärker an ein Bollwerk, das unmöglich zu überwinden war, nämlich die Grenzen seines Verstandes.

„Wissen ist Macht, heißt es", sagte Diabolos. „Es ist wahr. Wissen ist ein Schutzschild, im Grunde genommen das einzige, das die Menschen haben. Wissen bedeutet verstehen, und verstehen ermöglicht verändern. Macht, Besitz und Wohlstand gründen auf diesem Wissen, und dies sind alles Dinge, die die Menschen von der Natur abgrenzen, aus der sie stammen."

„Was hat das denn alles zu bedeuten?", fragte Aulus, nicht begreifend, wie dies mit seinem alleinigen Überleben zusammenhängen sollte.

„Zu Wissen gehört wissen *wollen*", entgegnete Diabolos. „Du bist der einzige Mensch, der heute noch dieses Streben in sich trägt. Dieses Streben hat dir meine Existenz verraten und dir so dein Überleben gesichert."

„Mein Überleben ist auf den Informationen begründet, die mir Kotter über dich offenbart hat?", fragte Aulus ungläubig. „Informationen, denen ich bis zu diesem Augenblick misstraue?"

„Ja, in der Tat ist dem so", sagte Diabolos mit spöttischem Bedauern. „Du hast begriffen, dass die gesamte Welt und das kleinste ihrer Teile um ein Unendliches das übersteigt, was der menschliche Verstand zu begreifen vermag. Angefangen bei meiner Existenz. Du weißt, dass es da mehr gibt, als die Menschen mit ihren fünf Sinnen fassen können. Dinge, die so etwas wie mich möglich machen."

„Aber was bist du überhaupt?", entfuhr es Aulus.

Diabolos lachte. „Ursprünglich war ich jemand wie du", sagte er. „Jemand, der die Allmächtigkeit der Neuen Ordnung anzweifelte und sich Veränderung wünschte, Freiheit, Wissen. Ich habe bald erkannt, dass meine Talente keine Verwendung in der Gesellschaft finden würden. Ich verstand mich prächtig darauf, Menschen zu manipulieren, zu bestehlen, für mich zu benutzen. Sie sind alle so dumm, so einfach, so kurzsichtig und dabei so überheblich. Ich nutzte meine Talente, um meinen Wohlstand zu mehren und ein bequemes Leben zu führen, doch mich begleitete stets etwas, das mich hemmte, mich nicht schlafen und mich jedes Mal zögern ließ, bevor ich doch zur Tat schritt: mein Gewissen. Ich wusste, dass es nicht rechtens war, was ich tat, schämte mich dafür und konnte mein Handeln gegenüber mir selbst mit nichts rechtfertigen. Um mein schlechtes Gewissen zu lindern, ließ ich mich von der Polizei festnehmen und für Diebstahl zu ein paar Jahren Haft verurteilen. Dies war die Zeit, in der Gaia zu mir sprach und mir sagte, dass sie Großes vorhabe mit mir."

„Gaia?", fragte Aulus, von all den unverständlichen Dingen überwältigt, über die Diabolos ihm so freimütig Auskunft gab. „Wer ist Gaia? Was hat das zu bedeuten?"

„Nenn sie, wie auch immer du sie nennen willst", erwiderte Diabolos abschätzig. „Im Grunde genommen *ist* sie nicht und hat keinen Namen. Ich habe die Bezeichnung der griechischen Mythologie entnommen, da sie das, was ich so nenne, am zutreffensten beschreibt. Gaia, das ist das Bewusstsein, das hinter all dem Seienden steckt, die schöpferische Kraft, die das Chaos ordnete und ihm einen Sinn verlieh. Und sie sprach auch nicht wirklich mit mir. Die Weise, über die ich mit ihr kommunizierte, ist mit keiner mir sonst bekannten vergleichbar. Aber das hat jetzt keine Bedeutung. Gaia war die, die das Universum, wie es heute ist, erschuf, mit nur diesem einen Zweck: Es sollte fortbestehen, unendlich und unsterblich sein wie sie. Und so schuf sie ein System, das so perfekt war wie sie, das sich selbst in einem unendlichen Kreislauf selbst zerstörte und neu erzeugte, im Großen wie im Kleinen. Wenn Sterne sterben, liefern sie Materie, durch die neue Sterne entstehen, Atome fusionieren in ihrem Inneren und zerfallen wieder. Die Erde mit ihrer Natur, das Leben an sich und der Reichtum von so vielen verschiedenen Tieren und Pflanzen, das ist Gaias Schöpfung in ihrer schönsten und zugleich komplexesten Ausprägung. Ein System, das sich über Jahrmillionen bewährt und weiterentwickelt hat. Ruhend in einem Gleichgewicht von Jägern und Gejagten, Mangel und Überfluss, Überleben und Sterben, Vielfalt und Konformität."

„Diese sogenannte Gaia, die Personifizierung der Allmacht höchstselbst, soll also zu dir gesprochen haben?", fragte Aulus skeptisch. Sein Verstand wehrte sich dagegen, all dem Vertrauen zu schenken, was er da hörte.

„Du magst mich für verrückt halten", erwiderte Diabolos gleichgültig, „aber dass ich hier vor dir stehe, beweist das Gegenteil. Glaube es oder glaube es nicht, du kommst nicht umhin, dir eingestehen zu müssen, dass ich *Wirklichkeit* bin.

Nun denn, wie ich schon sagte, ebenjene Gaia sprach also zu mir, als ich im Gefängnis saß, allein, im Dunkeln und unter kärglichen Bedingungen, aber im tiefen Bewusstsein, das Richtige zu tun. Das war die Zeit, in der sie mir offenbarte, dass sie litt."

„Ein Wesen, das nicht einmal *Person* ist, kann Leid empfinden und zu dir sprechen?", fragte Aulus, noch immer nicht glauben wollend, dass Diabolos ihm die Wahrheit über sich und seine Geschichte erzählte.

„So ist es", entgegnete dieser. „Du machst den Fehler, alles so verstehen zu wollen, wie du es auch über deine fünf Sinne und mit deinem Verstand kannst. Das ist aber nicht mehr möglich. Indem Gaia zu mir sprach, durchbrach sie die Grenze zwischen ihrer Allmacht und den

Gesetzen ihres eigenen Systems. Und diese Tat, die sie erhofft hatte, nie begehen zu müssen, diese Tat vollführte sie selbstverständlich nicht ohne einen Grund. Der Grund... das waren die Menschen."

Aulus fuhr zurück und stieß gegen sein Einsatzfahrzeug. Er spürte es nicht. „Aber – was haben die Menschen ihr denn getan?", fragte er entsetzt. Ihm wurde bewusst, was für eine Tragweite das hatte, was Diabolos ihm da berichtete.

„Die Menschen", sagte er, „sollten die Krone ihrer Schöpfung sein. Wesen, die nicht nur in ihrem System leben und es aufrecht erhalten, sondern es auch begreifen, verstehen und bewundern können. Wesen, die nachvollziehen können, dass das, was Gaia für sie geleistet hat, gut ist. Das sollten die Menschen sein. Doch um zu dieser Erkenntnis zu gelangen, musste Gaia sie mit Verstand ausstatten. Du magst vielleicht schon ahnen, wo das hinführt. Durch Verstand erlangten die Menschen Wissen. Und dieses Wissen gab ihnen nicht nur die Fähigkeit, Gaias System zu erkennen und zu verehren, sondern auch die Macht, es nach ihren Vorstellungen zu ändern. Und so kam es, dass die Menschen egoistisch und habgierig wurden und sich anmaßten, Herrscher über die Welt zu spielen, als seien *sie* die Schöpfer. Sie begriffen nicht, wie groß die Verantwortung war, die sie mit ihrem Verstand anvertraut bekommen hatten. Sie nahmen keine Rücksicht auf den Rest der Schöpfung, beuteten sie aus, zerstörten sie und unterwarfen sie ihrem Willen. Gaia sah zu und litt, doch sie konnte nichts tun. Als schöpferische Kraft von allem Seienden ist sie nicht in der Lage, das zu zerstören, was sie einmal erschaffen hat. Lange sah sie dem Treiben der Menschen zu, wie der Himmel durch die Abgase ergraute, die Flora und Fauna verwelkte, die Tiere vertrieben und getötet und die Schätze aus dem Inneren der Erde sinnlos verbraucht wurden, und hoffte stets, dass sie eines Tages zur Vernunft kommen würden, doch sie taten es nicht. Seit der Errichtung der Neuen Ordnung sind die Menschen lediglich in der Lage, sich selbst zu erhalten, doch alles andere verschlingen sie noch immer rücksichtslos. Als ich einsam im Gefängnis saß, verstand sie, dass dies ihre einmalige Gelegenheit war, dem Rasen der Menschen Einhalt zu gebieten. So offenbarte sie mir ihr Leiden und bat mich, etwas dagegen zu tun. Da mich die Gesellschaft wie dich auch so enttäuscht hatte, erklärte ich mich einverstanden und überlegte, was dagegen zu tun sei. Ich kam recht bald zu dem Schluss, dass die einzige Möglichkeit die war… die Menschheit zu vernichten."

„Was sagst du da?", rief Aulus entsetzt aus. „Als du Verbrecher warst, war dein einziges Ziel, so viele Menschen wie möglich zu ermorden? Zumal auch diejenigen, die doch keine Verantwortung dafür tragen, in welcher Gesellschaft sie leben?"

„Ja, das war im Grunde genommen mein einziges Ziel. Zumindest, nachdem ich aus dem Knast entlassen worden war", antwortete Diabolos gleichgültig. „Weißt du", fuhr er fort, „ich hatte kein schlechtes Gewissen mehr. Das Problem an der Menschheit, das ist nicht die Gesellschaft, in der sie lebt, sondern der Mensch an sich. Sein Egoismus, seine Rücksichtslosigkeit, seine Dummheit. Menschen können ihr Wissen mehren und ihren Wohlstand fördern, aber was sie nicht können ist, die langfristigen Folgen dieses Strebens zu reflektieren. Egal was sie tun, letztendlich richtet es sich stets gegen die Umwelt und ihre Mitmenschen."

„Ich habe einst dafür gekämpft, um das Gegenteil zu beweisen", entgegnete Aulus bitter. „Ich habe für eine Gesellschaft gekämpft, in der Friede, Fortschritt und Freiheit die obersten Richtlinien sind, unter denen die Menschen im Einklang mit der Schöpfung und in Zufriedenheit leben können."

„Du bist gescheitert", erwiderte Diabolos. „Ich mache dir keinen Vorwurf. Ich habe auch einmal gedacht wie du. Gehofft, eine Gesellschaft erschaffen zu können, in der die Menschen ihre guten Eigenschaften entfalten können, anstatt nur ihre schlechten zu unterdrücken. Das haben viele versucht... und sie sind ebenso gescheitert. Die Menschheit kann schlichtweg kein System schaffen, das so perfekt wie das Gaias oder ihm gar überlegen ist. Die Natur ist ein System, in dem die Befugnisse eines Individuums keine leeren Worte auf einem Blatt Papier sind, die man nach Belieben ändern und überwinden kann, sondern in der sie durch die Grenzen der Kraft und des Verstandes limitiert werden. Sie ist gegen Überbevölkerung und Ressourcenmangel gefeit. Sie würdigt die Starken und Angepassten mit Überleben. Nur so hat sie Jahrmillionen überstanden. Sie hat alle Probleme, mit denen die Menschheit zu kämpfen hat, überwunden, da die Lösung in ihrem System selbst liegt. Keine Gesellschaft wird das je können. Und daher habe ich aufgegeben, es zu versuchen."

Aulus wusste nicht, was er darauf antworten sollte. Ihn erschreckte, wie vertraut ihm diese Gedanken waren. Und doch hatte er nie die Hoffnung aufgeben wollen, dass es sie doch gab... die perfekte Gesellschaft, für die er gekämpft hatte.

„Viele Jahre habe ich im Verborgenen agiert, Anschläge verübt, Flüsse vergiftet, Erdbeben, Stürme und Vulkanausbrüche heraufbeschworen und vieles mehr getan, um den Auftrag Gaias zu erfüllen, bis mir Kotter senior in die Quere kam. Er hatte in all diesen scheinbaren Naturkatastrophen ein System entdeckt und geahnt, dass ein Mensch, zumal ein ausgewiesener Feind der Neuen Ordnung, die er so verehrte, dahinter stecken könnte. Du musst wissen, er war ein Patriot, tapfer, ungestüm und kämpferisch, aber eben auch unreflektiert und engstirnig. Er hätte meine Motive nie verstanden und sein Sohn ebenso wenig. Er entdeckte mich, als ich einen nuklearen Sprengsatz an einem Berg im Himalaya-Gebirge befestigen wollte, mit dem ich eine gewaltige Lawine zu verursachen gedachte, die die im Tal liegenden Städte und Dörfer überrollen sollte. Seit diesem Tag jagte er mich ununterbrochen. Ich floh um die ganze Erde, doch er blieb stets an meinen Fersen. Gaia sah meine Not und wies mir den Weg zu den Klippen der Vergessenen. Dort fand ein brutales Duell zwischen uns beiden statt. Zunächst beschossen wir uns mit unseren Gewehren und fügten uns schwere Verletzungen zu, doch als uns die Munition ausgegangen und doch kein Sieger festzustellen war, kämpften wir mit den Waffen, wie man zu anderen Zeiten mit Schwertern gekämpft hatte. Es war ein langer, schwerer, zehrender Kampf. Wir beide waren

erschöpft, von den Wunden geschwächt und allein ange-
trieben von der tiefen Überzeugung, im Namen des Guten
zu handeln. Schon zu Beginn des Kampfes hatte ich Kotter
eine tödliche Verletzung zugefügt und sah, wie das Leben
in seinen Augen langsam erlosch. Ich versuchte, den
Kampf so lange herauszuzögern, bis er an dieser Verletzung gestorben war, doch in einem letzten Aufbäumen
entwickelte er im Todeskampf unbändige Kräfte und stieß
mich in den Abgrund hinab. Ich hielt mich für verloren
und dachte, ich habe versagt und Gaia bitter enttäuscht,
doch dem war nicht so. Ich stürzte in das Lavameer und
mein Körper verbrannte, aber ich selbst wurde durch den
Strudel in die Welt Gaias, die Unendlichkeit, gesogen. Ich
hatte alle Schranken dieser Welt überwunden und war
allmächtig wie sie selbst, doch darüber hinaus mit der
Macht versehen, ihre Schöpfung auch zerstören zu können; einzig und allein immerwährend ihrem Willen unterworfen. Als Wesen, wie ich es geworden war, hatte ich die
Macht, meinen Auftrag zu vollenden. Doch anstatt sofort
zur Tat zu schreiten, wartete ich. Es gab mehr Menschen
als allein mich, die würdig waren, an der Seite Gaias zu
stehen, Menschen, die die Unvollkommenheit und Wertlo-
sigkeit der Neuen Ordnung und der Menschheit an sich
erkannten und mit ihrem Leben dafür eintraten, sie zu
schädigen und zu vernichten. Uns half ungemein, dass die
Menschen in ihrer Unwissenheit glaubten, sich des Ab-
schaums ihrer Gesellschaft zu entledigen, indem man ihn
in den Abgrund der Klippen der Vergessen entlud, denn
mit jedem einzelnen, den sie herabstießen, brachten sie
sich ihrem eigenen Untergang näher. Bald werden wir

unseren Auftrag erfüllen können. Unseren geschätzten Freund, den Richter Maximilian von Primus, brauchten wir nicht mehr und töteten ihn deshalb. Bis man ihn ersetzt haben wird, wird niemand mehr einen Weg zu Gaia finden, der es nicht verdient. Nun hatte er aber in seiner Manteltasche einen Hinweis hinterlassen, von dem er selbst nicht wusste, was er zu bedeuten hatte. Diabolos – dieser Name war das Ideal für all die, die von den Menschen und der Neuen Ordnung enttäuscht worden waren. Ihm nacheifernd sicherten sie sich einen Platz an Gaias Seite. Der Richter hörte diesen Namen oft und fürchtete ihn, verstand ihn aber nicht. Er wollte Kotter um Rat fragen, doch wir kamen ihm zuvor. Das Wissen über die Bedeutung meines Namens hätte ihn ebenso resistent gegen unsere Allmacht gemacht wie dich und wir hätten einen ernsthaften Gegner unserer Sache gehabt. Kotter fand den Zettel bei der Obduktion und verstand sofort, dass die Idee des Diabolos, die scheinbar motivlose Hinschlachtung von unzähligen Menschen, dessen Tod überdauert hatte. Trotz seines Bemühens und des seines Vaters, diesen Namen auf ewig aus dem Bewusstsein der Menschheit zu verbannen. Schon tragisch – im Streben, das Überleben der Neuen Gesellschaft zu sichern, enthielten sie ihr das einzige Mittel vor, das es gewährleistet hätte. Nun ja, sein Pech. Er suchte jedenfalls einen Verbündeten, der ihm in dieser Situation zur Seite stehen konnte, und fand ihn in dir. Er klärte dich auf und sicherte so unbewusst dein Überleben. Ihn konnte ich töten, da ich auch seinen Vater getötet und so Macht über seine Blutlinie erlangt habe. Dich hingegen nicht, doch wir haben es auch nie mit dir vorgehabt. Vielmehr lockte ich dich mit der in die Wand geritzten Botschaft zu den Klippen der Vergessenen. Bald sind alle Vorkehrungen getroffen. Bis wir zur Tat schreiten, warten wir nur noch auf eine einzige Person, die Gaia nicht mit dem Rest der Menschheit untergehen lassen möchte."

„Und – wer ist diese Person?", fragte Aulus vorsichtig, die Antwort aber schon ahnend und von wogendem Entsetzen erfasst.

„Das weißt du nicht?", entgegnete Diabolos. „*Du* bist es. *Du* bist die letzte Person, auf die wir warten, um unseren Auftrag zu vollenden. Auf *dich* warten wir."

Entgeistert stolperte Aulus zurück, wenige Zentimeter an seinem Einsatzfahrzeug vorbei ins Leere. Er hatte also doch Recht behalten. „Auf mich?", fragte er schockiert. „Auf mich wartet ihr, um eure Schandtat zu beginnen?"

„So ist es", erwiderte Diabolos nüchtern. „Du gehörst zu dieser Gruppe von Auserwählten. Du hast dich nie mit den engen Grenzen der Neuen Ordnung zufrieden gegeben. Du hast für das Ideal deiner Zukunft gebrandschatzt und gemordet. Für ein Ideal, das auch Gaia in ihrem Herzen getragen hat. Auch wenn du lange Jahre in den Diensten der Neuen Ordnung standest, hast du sie in deinem tiefen Inneren nie akzeptiert. Du warst stets einer von uns. Deshalb bist du uns willkommen. Gaia wartet auf dich."

Aulus fasste sich angestrengt an die Stirn. Er stand vor einer schwerwiegenden Entscheidung. Sollte er den Menschen loyal bleiben, die ihm eine zweite Chance für sein Leben gegeben und sich immer bemüht hatten, aus den ihnen veranlagten Fähigkeiten ein Optimum herauszuschöpfen, unwissend, dass ihre Mühen stets mit Scheitern und Zerstörung einhergehen sollten; oder sollte er sich jenen anschließen, denen der Erhalt der Gesamtheit der Schöpfung, die durch jene unglückseligen Menschen bedroht war, bedeutender war als jede Moral? Er rang eine kurze Zeit mit sich, doch dann hatte er seine Entscheidung getroffen.

„Ich bin keiner von euch", sagte er entschlossen. „Mein Ziel war nie das deine, die Menschheit zu vernichten, nein, reformieren wollte ich sie! Ich glaube an das Gute im Menschen und dass es ihm gelingen wird, im Einklang mit Gaias Schöpfung zu leben. Und aus diesem Grund werde ich mich euch nicht anschließen."

Diabolos blickte ihn überrascht an. „Auf dich warten Macht, Ansehen, deine Kameraden im Geiste und Gaia höchstpersönlich", entgegnete er. „Du hast nicht begriffen, was für eine Ehre dir zuteil wird. Die Menschen haben dich verblendet. Bedenke, sie werden nie die unermessliche Größe von unseresgleichen haben."

„Was nützt mir diese Größe", entgegnete Aulus abschätzig, „wenn sie mit milliardenfachem Mord zusammensteht? Was nützt sie mir, wenn es keine Menschen gibt, die sie bewundern können? Was nützt mein Leben, wenn alles, was mir darin etwas bedeutet hat, nicht mehr existiert? Was nützt die gesamte Schöpfung, wenn es niemanden mehr gibt, der ihrer bewusst werden kann?"

„Sie *ist*", meinte Diabolos gleichgültig. „Das ist das einzige und alles. Und über deine persönliche Zukunft brauchst du dir keine Gedanken zu machen. Die Welt, die dir bevorsteht, hat mit jener der Menschen nicht mehr viel gemein."

„Du hältst dich für einen Helden", sagte Aulus hasserfüllt, „doch dass du dein persönliches Scheitern an der Welt der Menschen kompensieren möchtest, indem du sie vernichtest, das ist nicht heldenhaft, nein, das ist einfach nur feige und erbärmlich. Wenn ihr euren Sieg auf den Leichenbergen der Menschen feiern wollt, Menschen, die für die Makel ihres Menschseins am wenigsten Verantwortung tragen, Menschen, denen ihr nie die Möglichkeit geben werdet, ihr Potential zum Guten unter Beweis zu stellen, Menschen, deren Schwäche ihr mit schmählicher Allmacht begegnet, dann wird dieser Sieg die erste Niederlage in der Schöpfungsgeschichte Gaias sein. Ich werde ihn nicht mit euch feiern."

„Mmmh, so ist das also", sagte Diabolos erstaunt. Doch als er erst wirklich begriff, dass sich Aulus als sein Feind betrachtete, schnaubte er verärgert aus und die Züge seines Gesichtes verhärteten sich zu einer brutalen, eisernen Maske. Er zog sich wieder die Kapuze über den Kopf und wandte sich zum Abgrund. Dort verharrte er unbewegt. Auch Aulus wandte sich ab, starrte ratlos auf sein Einsatzfahrzeug, das ja Menschenwerk war, und machte sich Gedanken darüber, wie es jetzt weiterginge. Würden diese Dämonen ohne ihn zur Tat schreiten? Würden sie von ihrem Plan ablassen? Würden sie sich bemühen, die Menschheit doch in ihrem Streben nach Perfektion zu unterstützen? Aulus wusste es nicht.

Schließlich drehte sich Diabolos wieder zu ihm um.

„Gaia hat zu mir gesprochen", sagte er. „Sie ist gütig und gibt dir eine Chance. Du bist auserwählt, die Macht des Menschen unter Beweis zu stellen. Wir beide werden ge-

geneinander kämpfen. Die Fähigkeiten meiner Allmacht kann ich nicht gegen dich anwenden, aber ich kann dir als Mensch gegenübertreten. Obsiegst du über mich, erkennt Gaia an, dass die Menschen ebenbürtige Gegner für sie sind und gesteht ihnen das Recht zu, über ihre Schöpfung zu herrschen. Sie wird von ihrem Plan, sie zu vernichten, ablassen. Du wirst die Chance haben, die Gesellschaft nach deinen Vorstellungen zu reformieren und Gaia zu beweisen, dass die Menschen die würdige Krone ihrer Schöpfung sind. Verlierst du aber, vollbringen wir das, was wir schon längst hätten tun sollen. Möge der Bessere gewinnen."

Er schlug seinen Mantel zurück und zog ein kurzes Schwert mit golden glänzender Klinge und tiefschwarzem Griff hervor, das er zum Gruß hob, einmal herausfordernd vor seinem Oberkörper herumwirbelte und Aulus dann kampfbereit entgegenreckte.

Aulus wich erschrocken zurück. Geistesgegenwärtig zog er seine Maschinenpistole aus dem Halfter am Gürtel, entsicherte sie und ließ einen Kugelhagel auf Diabolos ergießen.

Entsetzt riss er die Augen auf. Diabolos stand unverändert da; die Kugeln lagen noch glühend vor ihm auf dem Boden.

Hätte Aulus sein in der Kapuze verborgenes Gesicht sehen können, hätte er ihn grinsen sehen. „Bei diesem Kampf zählen nicht die Fertigkeiten einer Maschine, sondern deine eigenen", sagte er mit scharfem Unterton. „Nimm dein Schwert. Dann hast du es nicht umsonst mitgenommen."

Aulus nickte nervös, ließ die Maschinenpistole fallen und nahm das Schwert seiner Großmutter von seinem Vielzweckgürtel. Hastig versuchte er, sich von der Tatsache zu überzeugen, dass ihm nun der Kampf gegen einen millionenschweren Massenmörder bevorstand, ein Kampf, von dem das Schicksal der Menschheit abhing. Ihm gelang es nicht, die volle Tragweite davon zu erfassen, und allein das Bemühen darum machte ihn unsicher und schwach. Und so sagte er nur zu sich: „Aulus, das einzige, was jetzt zählt, ist, dass du dich darauf konzentrierst, wie du ihn besiegen kannst, nichts anderes. Kämpfe und siege, denn das ist deine Bestimmung." Er umschloss den Griff Agmens stärker mit seiner Rechten und blickte Diabolos grimmig und entschlossen in die rot glühenden Augen.

Dieser atmete wild schnaufend aus, sodass wie aus einem Kessel, aus dem Druck entlassen wird, grauer Atemdampf aus dem Schwarz seiner Kapuze herausschoss. Aulus begriff, dass vor ihm eine brutale Kampfmaschine stand, die auch zu Lebzeiten ein erbitterter Gegner gewesen sein musste, eine Maschine, gegen die selbst ein legendärer Held wie Kotter senior versagt hatte.

Es entstand eine gespenstische Stille auf den Klippen der Vergessenen. Das ewige, leidvolle Gejammer und Gestöhne, dass sie sonst stets erfüllte, verstummte auf einmal, allein das regelmäßige, angestrengte, konzentrierte Atmen der beiden Kontrahenten hallte flüsternd auf dem Plateau wider.

Schließlich eröffnete Diabolos den Schicksalskampf. Er schrie im Furor auf und stürzte ungestüm mit erhobener Waffe auf Aulus zu. Dieser reagierte unwillkürlich. Die

Klingen kreuzten sich zweimal auf Brusthöhe, dass die Funken stoben. Die beiden Schläge hatte Diabolos aber nur zur Ablenkung gewählt, denn mit seiner freien Hand versuchte er, Aulus von der Seite gegen die Schläfe zu schlagen. Aulus entging dem nur knapp, indem er hastig einen Satz zurück machte. Diabolos hatte so viel Wucht in die Attacke gesteckt, dass, als seine Faust ins Leere ging, sein ganzer Körper mitschwang. Aulus erkannte, dass Diabolos sich nun in einer ungeschützten Stellung befand und versuchte das auszunutzen, indem er sein Schwert auf dessen Kopfpartie niederfahren ließ. Diabolos hatte sich aber rasch genug gefangen, um den Schlag nur wenige Zentimeter vor seinem Kopf abzublocken. Blitzschnell riss er dann wieder die Klinge weg und zielte mit ihr auf die Beine von Aulus, doch der parierte und die Klingen kreuzten sich wieder auf Brusthöhe. Dann holte Diabolos zu einem mächtigen Schlag aus, der die Abwehr von Aulus durchbrechen sollte, doch die Attacke war zu schwerfällig und naiv, um von Erfolg bekrönt zu sein. Mit Leichtigkeit parierte Aulus den Schlag. Doch Diabolos hatte eine solche Kraft in diese Attacke gesteckt, dass seine Klinge weiterhin gegen dessen Abwehr drückte. Aulus konnte diesem Druck nicht mehr lange standhalten. Ihm gelang, sich durch eine Drehung aus der Reichweite des Diabolos zu entfernen. Kaum hatte er das getan, gab ihm dieser keine Zeit, wieder zur Besinnung zu kommen, Schlag auf Schlag drosch er auf Aulus ein, sodass sein Arm allmählich taub wurde. Aulus konnte jeden Angriff nur parieren, bis Diabolos einen seiner Schläge erneut gegen seine Beine richtete. Anstatt dem Druck dieses Schlages Gegendruck entgegenzusetzen, gab er ihm nach und führte die goldene Klinge so mit seiner eigenen über den Kopf hinweg und von dort ins Leere. Diabolos, der sehr viel Kraft in diesen Schlag investiert hatte, taumelte durch den plötzlichen Richtungswechsel zur Seite, während sich Aulus einmal schwungvoll drehte und dann seine Klinge auf dessen ungeschützte Hand niederfahren ließ. Die Spitze Agmens streifte den Handrücken von Diabolos, riss den metallisch glänzenden Handschuh auf und legte ein Stück gelbliche, faule Haut frei. Aulus hatte seinem Gegner eine oberflächliche Wunde zugefügt, aus der pechschwarzes Blut tropfte. Diabolos schrie schmerzerfüllt auf und wich ein paar Schritte zurück, um sich vor weiteren Attacken von Aulus in Sicherheit zu bringen und eine vorteilhaftere Position im Kampf zu erlangen. Er schnaubte aus wie ein verärgertes Tier, das erkannt hatte, dass es sich nun in der Defensive befand und überlegte, wie er einen Gegenangriff unternehmen könne. Aulus bemerkte das und versuchte die Situation für sich auszunutzen, indem er ihn provozierte, um ihn so in eine instabile Gemütslage zu versetzen und zu unüberlegten Aktionen zu verleiten.

„Sieh nur, was Gaia in Wirklichkeit aus dir gemacht hat!", rief er außer Atem. „Ein Held wolltest du werden, doch du bist zu einem unbeherrschten Tier geworden. Einem Tier, das Gaia abgerichtet hat und das nur nach ihrer Pfeife tanzt. Du bist ein Nichts für sie, ein unbedeutendes Werkzeug, das sie wegwerfen wird, nachdem sie es einmal benutzt hat."

„Das ist nicht wahr!", schrie Diabolos in rasendem Zorn. „Mir steht ein Platz an ihrer Seite zu! Du kennst sie nicht, du weißt gar nichts!" Wild und hasserfüllt stürmte er auf Aulus zu, sodass es zu einem weiteren Schlagabtausch kam. Diesmal heckte Diabolos aber keinen geschickten Angriffsversuch aus, sondern trat Aulus schlichtweg mit all der Kraft seines Zornes in die Seite, was diesen um mehrere Meter zurückschleudern ließ. Aulus prallte auf den steinigen, staubigen Boden, überschlug sich mehrere Male und verlor dabei seine Waffe. Scheppernd landete sie hinter ihm. Diabolos zögerte nicht lange. Während Aulus hilflos auf dem Rücken dalag, stürmte er, sein Schwert hoch erhoben, auf ihn los. Geistesgegenwärtig unternahm Aulus das einzig Mögliche, um sich zu retten. Im letzten Augenblick, ehe Diabolos ihn erreicht hatte, ließ er ein Bein hervorschnellen. Der war darauf nicht vorbereitet, stolperte und schlug einen unbeabsichtigten Salto über Aulus hinweg. Seinerseits stürzte er in den Staub und verlor dabei sein Schwert. Hektisch tastete Aulus nach seiner Waffe, fand sie, sprang auf und rannte auf den nun selbst am Boden liegenden Diabolos zu, nicht minder unbeherrscht. Dieser fand jedoch sein Schwert zur rechten Zeit und konnte den nun folgenden Schlag von Aulus mit einem notdürftigen Rückhandgriff abwehren. Durch eine Drehung kam er wieder auf die Beine und nahm eine neue Kampfposition ein. Beide Kontrahenten stürzten zeitgleich los und droschen aufeinander ein, dass die Funken flogen. Ein Schlag oben, einer unten, einer oben, da traf Diabolos die Klinge von Aulus an einer Stelle sehr nahe am Griff. Durch die Wucht knickte dessen Handgelenk unter einem hässlichen Knirschen um. Aulus schrie vor Schmerz auf. Zu seinem Glück holte Diabolos zu einem weiteren, kräftigen Schlag aus, sodass er schnell die Klinge in seine unverletzte Linke wechseln konnte. Wie von Sinnen schlug Diabolos auf ihn ein. Aulus war nur noch in der Lage, alle Schläge zu parieren, doch mit jedem einzelnen von ihnen schmerzte sein linker Arm stärker unter der Last, die er ertragen musste. Lange konnte er diesen Attacken nicht mehr standhalten. So ergriff er eine List. Während Diabolos, allein von seinem unbändigen Hass getrieben, weiter auf ihn eindrosch, zog er unbemerkt mit der versehrten Rechten das Messer aus seinem Vielzweckgürtel. Gerade, als Diabolos zu dem nächsten Schlag ausholte, ließ Aulus das Messer in einer blitzschnellen Bewegung quer über dessen Oberkörper fahren. Die scharfe Klinge durchschnitt den festen Stoff des Umhangs und drang noch tiefer ein. Diabolos keuchte auf und fasste sich unwillkürlich mit seiner freien Rechten an die Brust. Schwarzes Blut lief über seine behandschuhten Finger. Aulus stieß ihm den Knauf seines Schwertes vor die Brust, sodass er einige Schritte zurücktaumelte, stolperte und rücklings zu Boden fiel. Aulus hätte jetzt ganz einfach mit Messer und Schwert auf ihn einstechen können und hob schon zur finalen Attacke seine beiden Mordinstrumente, als ihn etwas davon abhielt. Seine Ehre. Schon oft hatte er getötet, doch nie waren es wehrlos am Boden liegende Menschen gewesen. Diese Maxime hatte ihn stets davon überzeugt, als Guter auf der Seite des Guten zu kämpfen. Moral und Ehre, das waren die Dinge, die die Guten von den Bösen trennten. Die von ihm ersehnte Gesellschaft konnte nur dann gut sein, wenn ein Guter sie begründete. Und er war nur ein Guter, wenn er den Maximen von Ehre und Moral auch in entscheidenden Situationen von existenzieller Bedeutung treu blieb. Situationen wie dieser hier. Diese Prüfung musste er noch bestehen, um zu beweisen, dass er seiner eigenen Idee würdig war. Der Idee, die Gaia beweisen sollte, dass die Menschen gut und die würdige Krone ihrer Schöpfung sind.

„Steh auf, Diabolos!", rief er. „Wenn ich dich besiege, dann möchte ich es mit der Ehre eines Menschen tun. Steh auf, denn eine zweite Chance werde ich dir nicht geben!"

Diabolos war beim Sturz die Kapuze aus dem Gesicht gerutscht. Sein schmerzerfüllter Gesichtsausdruck wich bald einem hämischen. „Wer sagt, dass ich eine zweite Chance brauche?", fragte er gehässig. „Doch dein Ehrgefühl rührt mich. Stelle nur sicher, dass es dir nicht bald zum Verhängnis wird."

Nicht ohne Schmerzen rappelte er sich auf. Kaum stand er wieder auf beiden Beinen, attackierte Aulus auf ihn ein. Auch wenn Diabolos durch seine Verletzung an Kraft verloren hatte, an Reaktionsschnelligkeit mangelte es ihm dennoch nicht. Mühelos parierte er jeden Schlag, den Aulus auf ihn niederfahren ließ. Nun hatte Aulus zwar die Oberhand im Gefecht, doch ihm mochte es einfach nicht gelingen, die Abwehr des Diabolos zu durchbrechen. Der mühte sich nicht mehr, seine verbliebene Kraft für einen Angriff aufzuwenden, sodass die Frustration und Verzweiflung in Aulus stieg. Seine Angriffe wurden stärker, gröber, unbeherrschter. Und da geschah es: Anstatt einen Schlag, mit dem Aulus gedachte, seinem Gegner das Haupt vom Halse zu trennen, zu parieren, duckte sich Diabolos unter ihm weg und rammte ihm mit aller Kraft, die

er aufbringen konnte, den goldenen Knauf seines Schwert-
griffes gegen das Kinn. Aulus taumelte der Ohnmacht
nahe zurück und versuchte verzweifelt, wieder zur Besinnung zu kommen. Diabolos setzte mit einem Tritt in die
Magengrube nach, durch den Aulus weitere Schritte zu-
rückgeworfen wurde, dem Abgrund gefährlich nahe. Er
suchte verzweifelt nach Gleichgewicht und fand es gerade
eben noch.

„Gnade!", keuchte Aulus. „Ich habe sie dir auch zuteil
werden lassen!"

„Seit ich in den Diensten Gaias stehe, kenne ich keine
Gnade mehr!", rief Diabolos verächtlich. „Die Natur kennt
sie nicht, und sie wird damit länger überdauern als die in
ihren wertlosen Moralvorstellungen verblendete Menschheit!"

Mit diesen Worten trat er erneut zu, und diesmal verlor
Aulus vollends das Gleichgewicht und stürzte... doch
unter ihm war kein Boden mehr, der ihn auffing, sondern
nur noch Abgrund.

Diabolos blieb oben an der Kante stehen, warf mit der
einen Hand seine Klinge weg und hielt sich mit der anderen die Wunde, die Aulus ihm mit dem Messer zugefügt
hatte. Aus ihr tropfte kein schwarzes Blut mehr.

„Ich hoffe, du wirst deine Einstellung bald ändern!", rief er
zu dem herabstürzenden Aulus hinab. „Denn sonst wirst
du dort unten mit niemandem glücklich. Wir sehen uns!"

„NEIN!", schrie Aulus verzweifelt. Er wusste, was nun mit
ihm geschehen würde: Er selbst würde einer dieser ab-
scheulichen Dämonen werden, die die Vernichtung der
Menschheit verantworten sollten. Nun also war es um die

Menschheit geschehen, endgültig. Er allein war es gewesen, der sie vor diesem grauenhaften Schicksal hätte bewahren können, doch er war ausgerechnet über seine eigene Utopie gestolpert. Seine Utopie des Guten. Ihretwegen hatte er versagt. Sie war nicht existent. *Und sie würde es auch nie sein*, kam es ihm durch den Sinn. *Weil ich eben nur ein Mensch bin. Und ich als Mensch nicht fähig bin, etwas so Perfektes, Gutes wie Gaia zu schaffen. Die Menschheit mag verloren sein. Und eigentlich hat sie es auch nicht anders verdient. Aber bald... bald wird alles anders sein. Dann werde ich beweisen, dass es sie doch gibt... die Spezies, die den Verstand besitzt, um Gaias Schöpfung zu verstehen und zu bewundern, ohne über die Macht zu verfügen, sie zu zerstören.*

Und mit dieser zufriedenstellenden Hoffnung ergab er sich der Schwerkraft und schlug bald in die sengende Hitze des tosenden Lavameers ein.

Epilog

So vollbrachten die Dämonen im Auftrag Gaias ihre Schandtat.

Nur eine einzige, alte, gebrechliche Frau überlebte wie durch ein Wunder und der Wahnsinn überkam sie, als sie begriff, dass dies alles im Namen des Guten geschehen war.

Doch schon bald bevölkerte eine neue Art von Wesen die Erde, Wesen, wie man sie noch nie zuvor gesehen hatte.
Oder etwa doch?
Man ließ sie jedenfalls in Freiheit leben und sich so entwickeln, wie es sich halt eben ergab.
Diese Wesen haben Gaia bis heute nicht enttäuscht.
Ob sie es jemals tun werden, ist ungewiss.

ENDE